然后，化成海上的泡沫

［日］叶真中显 著

曹逸冰 译

湖南文艺出版社·长沙

图书在版编目（CIP）数据

然后，化成海上的泡沫 /（日）叶真中显著；曹逸冰译 . —长沙：湖南文艺出版社，2025.5. -- ISBN 978-7-5726-2073-7

Ⅰ．Ⅰ313.45

中国国家版本馆 CIP 数据核字第 202404YE34 号

Original Japanese title: SOSHITE, UMI NO AWA NI NARU
Copyright © 2020 Aki Hamanaka
Original Japanese edition published by Asahi Shimbun Publications Inc.
Simplified Chinese translation rights arranged with Asahi Shimbun Publications Inc.
through The English Agency (Japan) Ltd. and CA-LINK International LLC

著作权合同登记号：图字 18-2023-175

然后，化成海上的泡沫
RANHOU HUACHENG HAISHANG DE PAOMO

著　　者：[日] 叶真中显
译　　者：曹逸冰
出 版 人：陈新文
监　　制：谭菁菁
责任编辑：吕苗莉　李　颖
责任校对：艾　宁
策　　划：李　颖
特约编辑：李　颖　田　俊
营销编辑：王思佳
装帧设计：刘佳灿
封面插画：徐晨薇

出版发行：湖南文艺出版社
　　　　　（长沙市雨花区东二环一段 508 号　邮编：410014）
网　　址：www.hnwy.net
印　　刷：长沙新湘诚印刷有限公司
经　　销：湖南省新华书店
开　　本：880mm×1230mm　1/32
字　　数：154 千字
印　　张：8.25
版　　次：2025 年 5 月第 1 版
印　　次：2025 年 5 月第 1 次印刷
书　　号：ISBN 978-7-5726-2073-7
定　　价：58.00 元

版权所有，侵权必究

"海牛[1]神"的恩典?
走近让金融精英俯首称臣的"北滨魔女"

"只要看到周围的人喜笑颜开,我就心满意足啦。"

朝比奈春女士(55岁)如是说。她是高档餐厅春川的老板娘,精明能干,声名远播。大阪千日前地区那栋金碧辉煌的大楼正是由她所建。

坊间盛传她年轻时风姿绰约,无数追求者拜倒在其石榴裙下。但第一眼见到她时,其外表和气场都给笔者留下了"非常普通"的印象。说来惭愧,当她身着毛衣现身约定的地点时,笔者竟误以为来的只是个随从跟班。

朝比奈女士却毫不介意,哈哈大笑道:"是不是很失望呀?

---

[1] 海牛(ウミウシ):海牛下目(*Doridacea*)软体动物的统称,主要以海底硅藻为食。

但不是有句俗话说'美女看三天就腻'嘛，我这样的才刚刚好呢。"采访期间，她也是妙语连珠，直教人感叹："好一个性情爽快的大阪阿姨……"错了，是"大阪阿姐"。不过她的魅力也正在于此。不经意间，笔者已将工作抛在了脑后，只想跟她一直聊下去。哦……也许这份平易近人，就是朝比奈女士最吸引人的特质。

朝比奈女士还有另一副面孔——投资家。

开始投资不过短短数年，却是屡战屡胜。转眼间，资产就翻了几十倍。

她的光辉事迹传遍了大阪金融界。不知不觉中，她便成了人们口中的"北滨魔女"。

定睛一看……她的双手分明戴着许多枚镶有大颗宝石的耀眼戒指。而她当便服穿的毛衣竟也是爱马仕出品。恕、恕小的有眼不识泰山！

相传日本存款额最高的三友银行一再相邀，好不容易才把她请出了山，当了去年年会的演讲嘉宾。

"三友银行的事儿吧，我都推辞过好几回了，因为自己实在不是在人前讲话的料。可后来他们行长都在我面前下跪磕头了，盛情难却呀。"

朝比奈女士满不在乎地笑道。您的意思是……雄霸天下的三友银行行长都给您跪下了啊？

一切的一切，都得归功于她的投资眼光。

"朝比奈女士对市场动向的敏感度绝对是全国首屈一指的，她说涨的一定会涨，她说跌的保准要跌，说她是全球排名前五的投资高手都不为过。"某知名银行的投资顾问如此感叹。究竟是怎样的投资技巧将她推上了日本第一投资高手的宝座？笔者向她本人抛出了这个问题，而她给出的答案着实令人惊讶。

"我对经济和投资是一窍不通的，不过是照'海牛神'说的办罢了。"

"海牛神"出自其故乡——和歌山县某渔村的人鱼传说。万万没想到，朝比奈女士的投资决策竟然都建立在"海牛神"的神谕之上。

朝比奈女士平时就住在春川餐厅楼上的豪华顶层套房。套房大厅内设有神龛，其中供奉着"海牛神"的金像。春之会（以朝比奈女士为中心的联谊会）的成员们每日清晨都会相聚大厅，向这尊"海牛神"祈祷。能听到神谕的唯有朝比奈女士一人，但据说只要诚心祈祷，就能提升运势。

上文提到的投资顾问表示："我是春之会的成员。金融是讲究技巧的数字世界，所以我起初也对神谕之类的说法将信将疑……但朝比奈女士的投资收益确实非比寻常。事到如今，我由

3

衷地相信她拥有不可思议的力量。"

春之会的成员都是金融界的精英，可是连他们都不得不对"海牛神"的恩典心悦诚服。"能否也让我沾沾光？"笔者一开口，朝比奈女士便欣然同意。

以纯金加工而成的"海牛神"金像与啤酒瓶一般大，形似直立的海牛，乍看略显怪诞。不过近距离观察时，确实能感受到某种不可思议的气场。

朝比奈女士称："没什么特殊的拜法，只要双手合十，在心中默念'求"海牛神"保佑'就行了。"笔者便照她说的拜了拜，说不定能时来运转呢？！

——《周刊ECHO》1989年2月8日号

信用社支行长自杀
魔女的可怖传闻震撼大阪金融界

神秘女子与身着厨师罩衣的员工自后门匆忙走进千日前的某高档餐厅。她用围巾遮挡了面部，但明眼人一看便知，此人正是威震一方的女性投资家朝比奈春。她通过股市积累了万贯家财，人称"北滨魔女"。

前年，也就是平成元年（1989）年底，直逼4万点的股市一路暴跌。自去年到今年，宣告破产的个人和公司不胜枚举。

黑暗总是在这样的时刻蠢蠢欲动。著名贸易公司伊藤万收购画作一事疑云重重，引起了轩然大波。[1] 而这位"北滨魔女"似

---

[1] "伊藤万事件"是日本二战后最大的经济罪案，超过3000亿日元的资金去向不明。此处指的是伊藤万以676亿日元自许永中（在日韩国人，实业家，人称"黑暗世界的帝王"）收购的绘画与古董引发的一系列事件。

乎也已误入歧途。

朝比奈春名下有一家名为春川的日式餐厅。7月10日，人们在毗邻春川的道顿堀川河畔发现了一具男尸。调查结果显示，死者为东亚信用社千日前支行长M（44岁）。警方在其体内检测出了常见于夹竹桃的剧毒物质夹竹桃苷（Oleandrin），疑为服毒自尽。

M涉嫌伪造存单，以填补朝比奈春因近期股市暴跌蒙受的损失。

自杀案就发生在大阪府警搜查二课着手调查此事的紧要关头。

消息人士称，M与朝比奈春系情人关系，同时也是春之会（以朝比奈春为中心的金融界人士联谊会）的干事。坊间盛传他在朝比奈春的唆使下染指犯罪，最终为避免牵连情人走上了绝路。

若确有此事，朝比奈春则无异于为长生不老吸食人血的魔女。

我社记者上前突击采访，她却全程保持沉默，与随行员工隐入店内。

——《大河特讯》1991年8月9日号

女老板认罪被捕

8月15日,大阪府警以涉嫌谋杀为由,逮捕了在大阪市内经营高档餐厅的朝比奈春(58岁)。当天上午6时许,朝比奈春向警方报案,称自己杀害了一名男子。警方立即出动,在位于其餐厅楼上的自住公寓(大阪市中央区)发现一具男尸。警方称,被害男子名叫铃木慎吾(42岁)。此人居无定所,亦无固定工作。"死的是谁都无所谓""是神让我献祭他的"……嫌疑人朝比奈春的供述令人费解。此前她已涉嫌与金融机构合谋伪造存单,以弥补股市投资的损失。警方正在仔细调查两者之间的关联。

——《每朝新闻》1991年8月15日晚报

杀人魔女的结局 宣告破产
债务总额高达 4300 亿日元

在去年我社爆料后不久，朝比奈春（59岁）因杀害光顾其餐厅的男子被捕。有消息人士称，她已被大阪地方法院宣告破产。

破产手续将在看守所办理。债务总额预计高达 4300 亿日元，有望刷新个人破产金额纪录。

朝比奈春曾一度被誉为日本首屈一指的投资家，人称"北滨魔女"，但后来因股价暴跌背上巨额债务，一蹶不振，于是伙同本地信用社支行长伪造存单填补亏空。这样的诈骗行为又岂能瞒天过海？没过多久就引起了警方的注意。关键时刻，支行长自杀身亡。有警方消息人士断言，他是被朝比奈春逼上了死路。

支行长自杀一个月后，朝比奈春因亲手杀害另一名男子被捕。死者与她全无瓜葛。据她本人的供述，行凶乃是"海牛神"

的神谕，但这套说辞无法令人信服，尚无法排除为争取无罪判决装疯卖傻的可能性。

朝比奈春长期鼓吹"海牛神"的神谕就是她在股市呼风唤雨的奥秘，也有部分媒体以戏谑的态度报道过那尊供奉于神龛的金像。然而她在被捕之前就为筹措资金变卖了金像，神龛早已空空如也。

空中楼阁土崩瓦解，两名男子命丧黄泉，只留下了巨额债务。债务还能通过破产手续一笔勾销，逝去的生命却永远都无法追回。魔女的罪行罄竹难书。

——《大河特讯》1992年6月19日号

因杀人入狱的前投资家死于 K 女子监狱

本月 7 日，本报自消息人士处获悉，1991 年因杀害一名 42 岁男子被控谋杀等多项罪名，最终被判无期徒刑的前投资家朝比奈春在月初因心力衰竭死于 K 女子监狱，终年 86 岁。她在狱中罹患糖尿病多年。

判决书称，朝比奈春于 1991 年 8 月 15 日将一名偶然光顾其名下餐厅的男子骗回家中杀害。此外她还与本地信用社支行长合谋，使用伪造的存单实施诈骗。

1994 年，大阪地方法院做出一审判决，判处其无期徒刑。被告方并未上诉，判决自动生效。

——《日报通信》2019 年 5 月 8 日发布

泡沫经济。

相传……在距今约30年前，在昭和[1]与平成[2]的交替之际，这个国家迎来了可以用这四个字概括的疯狂时代。

据说……地价与股价在那几年里节节攀升，人们沉迷于金钱游戏，无法自拔。

虽然我没有亲身经历过，但"有过那样一个时代"似乎是无可撼动的事实。

学界认为，泡沫经济由1985年的《广场协议》[3]引发，始于1986年，后来随着1990年的股价大跌，在1991年正式宣告破灭。

在调研泡沫经济时代的过程中，我渐渐生出了这样一个念头：今年（2020年）和揭开泡沫破灭序幕的1990年，颇有些异曲同工之处。

在这两年伊始的1月，人们都还沉浸在辞旧迎新的欢喜之

1　年号，1926—1989年。

2　年号，1989—2019年。

3　美国、日本、英国、法国及联邦德国在1985年9月22日签署的协议。目的在联合干预外汇市场，使美元对日元及德国马克等主要货币有秩序性地下调，以解决美国巨额贸易赤字，此举导致日元大幅升值。

中，无忧无虑。殊不知，有可能从根本上改写世界格局的地壳变动已在暗中悄然上演。

1990年初，在前一年年底达到历史最高点的日经平均指数开始缓慢下跌。但人们态度乐观，认为股价会迅速回暖。放眼专家群体，在当时便嗅出危机的人也是寥寥无几。

今年1月也是如此。刚听说中国发现新冠肺炎时，肯定也没几个人意识到问题的严重性。大家都很乐观，只当那是发生在大洋彼岸的事情，觉得疫情要不了多久便会平息。

无论是30年前还是今年，灾难早在岁首便已初现端倪。然而，所有人都坚信理所当然的日常生活会原样继续。等回过神来的时候，已是回天乏术。世界已然天翻地覆。1990年的剧变是因为泡沫破灭。今年则是因为一种名叫COVID-19的新型冠状病毒横扫全球。

当然，泡沫破灭是一起几乎仅限于日本的事件，也许不能与吞噬全世界的疫病相提并论。但对那些直面剧变的人而言，两者并无不同。因为，世界就是他们周围数米的现实，外加脑海中的无限想象。

尽管1990年和2020年之间的相似性并非促使我动笔的决定性因素，但我还是想聚焦一个生活在陌生的泡沫经济时代的人，围绕她写一部小说。因为，我此刻正经历着一个类似的时代。

此人名叫朝比奈春，人称"北滨魔女"。

她是一位私人投资者，在大阪经营一家日式餐厅，同时一掷千金投资股票。

之所以被冠以"魔女"的称号，可能是因为她曾公开表示，自己是按照"海牛神"的神谕进行投资的。据说她当年住在自家大楼的顶层套房，而套房中就供奉着那位"海牛神"的金像。

媒体对此做过多方报道，查阅过往杂志便可窥知一二。

如果这位"海牛神"的神谕时灵时不灵，拿不出过硬的成绩，朝比奈春也不过是一个行为怪异的女人而已。然而事实胜于雄辩，她靠股票赚得盆满钵满，就此成为人们口中的"魔女"。

相传在以她为中心的联谊会春之会，金融精英们盛赞她为"日本首屈一指的投资家"，还和她一起向"海牛神"祈祷。

谁知在1990年，泡沫破灭，股价暴跌。朝比奈春的人生也风云突变。

据媒体报道，为了弥补巨额损失，她与东亚信用社的支行长（春之会干事）合伙伪造了总额高达4000亿日元的存单，并通过抵押这些票据从数家融资机构骗取了资金。

1991年7月，就在警方发现市面上有假存单流通，着手展开调查时，参与伪造的支行长服毒自尽。有人说他是畏罪自杀，也有人说他是被人逼死的，但警方并未发现遗书。

部分八卦杂志称，该支行长与朝比奈春是情人关系，而后者与春之会的大多数成员都有肉体关系。

同年8月15日，朝比奈春杀害了一名男子。被害者名叫铃木慎吾，当年42岁，在遇害前一天晚上到过她名下的餐厅。

据她本人供述，被害者铃木是第一次上门的新客，来的时候店已经打烊了，于是她就把人请回了与铺面相通的住处，假装在客厅里热情招待，趁其不备用菜刀捅死了人家。

至于行凶动机，她表示自己是接到了"海牛神"的神谕，让她"随便找个人献祭"。她谨遵神谕，杀害了那名碰巧上门的客人。

警方的调查结果显示，被害者似乎与诈骗案全无瓜葛，案发前也与朝比奈春全无交集。

因涉嫌谋杀与诈骗被起诉后，朝比奈春宣告破产。当时她的债务总额高达4300亿日元，金融机构借款约为2.8万亿日元，还款总额约为2.4万亿日元。这几个数字都刷新了日本国内的个人最高纪录，除非发生恶性通货膨胀，否则怕是永远都不会被打破了。

1994年7月，被判处无期徒刑的朝比奈春转移至K女子监狱，就此淡出公众的视野。

四分之一个世纪过去了。去年5月，她在狱中咽下了最后一口气。

朝比奈春被捕时，所有全国性报纸都在社会版做了大幅报道，电视台的八卦节目也追踪报道了数日，讨论得热火朝天。她的死讯却只有一家全国性报纸刊登，而且是一篇不起眼的"豆腐块"。

为了把朝比奈春的经历写成小说，我决定倾听与她打过交道的人亲口诉说的"话语"，而不是只看那些可以通过搜索找到的书面"事实"。将"话语"一词替换成"故事"也并无不可。我就是想知道埋藏在他们每个人脑海中的，关于朝比奈春的"故事"。

我毕竟不是专业的作家，不知道这算不算采访。我几乎是在某种冲动的驱使下，调查了可能与朝比奈春关系密切的人的下落，并请少数同意与我见面的人讲述了关于她的种种。

我在2020年夏天行动了起来。如果没有新冠疫情，那本该是东京奥运会盛大开幕的季节。

01
宇佐原阳菜

……亏你能找到我。

征信所？哦，你找了侦探啊。难怪……哦，我倒是无所谓。到处宣扬肯定是不行的，但你也不是为了这个才找我的吧？

哦，想跟我聊聊她？

行啊。

嗯，没错。在K女子监狱的时候，我跟春姨住同一间牢房。

不，不是一直都在一起。刚进去的时候，我被关在另一间牢房里，过了一年多才调过去的。当时春姨得了糖尿病，免了劳役，住在单人间里疗养。他们把我的床搬了过去，让我跟春姨住一起。

我的管教老师说，照顾春姨的日常起居就算是服劳役了。据说年轻的囚犯照顾年长或生病的囚犯是常有的事。

后来我一直都和她住在一起,直到她去世的那天,说我给她送了终倒也没错。春姨是在睡梦中走的,我早上起来发现的时候,她的身子都凉透了。她走得很平静。诊断书上写着"心力衰竭",但我觉得那应该算自然死亡吧。

她是去年5月刚换年号的时候走的,那时我已经快出狱了。所以我们一起住了……嗯……4年8个月……不,4年9个月。

毕竟当了这么长时间的室友,春姨生前跟我聊过不少。

监狱里严格禁止囚犯之间私下交谈,但牢房里一般就我们两个,所以只要说轻一点,就不会被管教老师发现。

起初也只是随便聊聊,比如当天的饭菜啦,外头的天气啦……熟悉起来之后,我们就聊起了自己的经历,比如怎么进去的。

不,基本是我说她听。

春姨听我说话的时候,总是面带和蔼的微笑。她从不评判好坏对错,却给了我无限的共情,接纳了我的一切,翻来覆去地说"你可真是不容易"。

久而久之,我就对她生出了仰慕与尊敬。想多了解她一些,想像被她接纳那样,接纳她的一切。但我没动过主动打听的念头。

听管教老师的口气，春姨服的应该是无期徒刑。这说明她犯的罪肯定很重。所以我总觉得不该随便打听。

嗯，我对春姨的过去一无所知。我是1991年出生的，恰好是她被捕的那一年。当时泡沫经济都已经破灭了。媒体报道她的时候，我还是个不懂事的奶娃娃。而且小时候家里都不让看电视的，根本没机会接触到那些新闻。

也不知道春姨是不是看透了我的心思。去世前不久，她主动问起"你愿不愿意听听我的故事"，跟我讲述了她经历过的风风雨雨。毕竟说来话长，她分了好几天才讲完。

啊？我吗？

呵呵，我跟她可没什么关系哦。

哦……行，那就先说说我吧。反正也很容易查到。

我的老家在长野的 S 市，父母都是宗教团体米吉多[1]子民的信徒。

嗯，米吉多子民是一个从基督教延伸出来的教团，就是大家常说的新兴宗教。它被正统基督教——尤其是天主教视为异端，也是公众口中的邪教。

---

[1] 米吉多（Megiddo）：位于现在以色列北部的米吉多基布兹近郊、海法城东南约 30 公里。在青铜时代曾是迦南人的重要城邦，在铁器时代成为以色列王国的皇城，具有重要的历史意义。其希腊语名称"哈米吉多顿"（Harmagedōn）为《启示录》中提及的末日战场。

但信徒们认定，自己信仰的才是真正的基督教。我的父母也不例外。我小时候也对此坚信不疑，因为父母一直都是这么教育我的。当然，我现在已经不信了。

米吉多子民的教义里写着，活在俗世的人经不住恶魔的诱惑，堕落到了极点，待到审判日到来，主就会毁灭这个世界。到时候，只有正确研读《圣经》、严格遵循主的教诲的米吉多子民才能借助神力复活，在消灭了邪恶的人间天堂永远过上幸福快乐的日子。

说白了就是末世论。听说在我小时候发动恐怖袭击的奥姆真理教也有类似的教义，不过具体的我也不太清楚。有人说，这种思想是邪教的典型特征之一……但正统基督教不也有末世论吗？"信者必得救"不就是这么回事吗？我现在已经不信米吉多子民的教义了，却还是不明白被大家称为邪教的那个教团和正统基督教为首的普通宗教有什么区别。

米吉多子民不承认自己之外的所有宗教，包括正统基督教。他们排斥俗世的文化和风俗，认为那些东西都受了恶魔的毒害。所以教团不过圣诞节，不过元旦，也不过盂兰盆节。

还记得小时候，父母给我的绘本和玩具都是教团总部认定的无害品。零食也不能吃店里买的。总部会生产不含添加剂的健康零食，卖给有孩子的家庭。教团还制作了与教义相符的儿童动画片，父母就只让我看那些。

对信徒而言，像这样服从教团，过自律的生活就是莫大的幸福。我从小受的就是这样的教育……不，应该说我从小就被灌输了这种思想。所以我那时还以为自己是很幸福的。我忍着不玩看起来很有意思的俗世玩具，忍着不吃看起来很美味的俗世零食，天天看教团制作的无聊动画片，坚信自己是世界上最幸福的孩子。

上的倒是普通的学校，但大人天天叮嘱我，"学校里教的大多是恶魔的谎言"。家里没禁止我跟俗世的同学一起玩，可我不能参加圣诞节、女儿节等节日的活动，就算去同学家做客，也不可以看漫画、玩游戏。

所以到头来，我还是没能和俗世的同学打成一片，只好跟同一个营地的孩子们一起玩。

哦，营地相当于教团设置在各个地区的分部，我们家就是长野营地的。营地里有针对不同年龄段的社团，好比少年社团跟青年社团。和俗世的同学相比，同社团的朋友跟我有更多的共同语言，交情也更深厚。

但孩子还是难免会对俗世同龄人玩的东西感兴趣，尤其是游戏和动画片。只要照常过日子，就会接触到那方面的信息。

当年宝可梦特别火……其实现在也很火吧。毕竟它确实很吸引人。但在米吉多子民看来，宝可梦就是恶魔的游戏。因为宝可梦不是会进化的嘛，但教团不承认进化论。

在营地的少年社团里，有个男生常跟周围的孩子们炫耀，说自己在俗世朋友家里偷偷玩宝可梦游戏，偷偷看动画片，还讲了讲动画片的情节。大家都听得津津有味，但最后还是有人跑去跟大人打了小报告。也不知道这个人是严格遵循教义，还是眼红人家。于是那个玩宝可梦的男生就被处分了。

他受的处分是体罚。为了让孩子们听话，米吉多子民经常使用体罚。家里的体罚是用尺子和棍棒抽打孩子的后背和臀部，而在营地的设施中，大人会用一种叫"爱之雷"的机器。机器上装着两根用电线连起来的棍子，身体一碰到棍子就又痛又麻。嗯，说白了就是被电到了。爱之雷就是专门用来体罚的机器。

我也挨过一回。原因已经记不清了，大概就是开会迟到这种鸡毛蒜皮的小事吧。在棍子碰到后背的那一刹那，好像有一道雷劈上了天灵盖。但比起疼痛，被爱之雷惩罚这件事本身所带来的恐惧给我留下了更深刻的印象。

对孩子而言，大人的体罚跟天谴也没什么两样。无论是看到别人受罚，还是自己受到体罚，都会有一条因果法则深深烙上我们的脑海——不遵守教义，就会坠入不幸。反过来说，就成了"遵守教义等于幸福快乐"。

米吉多子民的戒律是非常严格的。那么严格的戒律都遵守得了，可见教团的信徒大多是正经老实的人。我的父母也是如此。只不过正经老实反过来就成了认死理，爱钻牛角尖。只要不提宗教，过普普通通的日子，他们就都是旁人眼里的心慈好人。

然而，被戒律束缚的人难免会眼界狭窄。当我们步入青春期，一天天长大时，周遭的小世界与俗世的分歧就会越来越明显。

分歧最大的……大概就是金钱观和爱情观了吧。米吉多子民将这两样东西统称为欲望，因为它们都会使人堕落。

我们从小就被彻底灌输了"钱很脏"的观念。金钱和资本主义是恶魔用来统治人间的体系。而社会主义和共产主义也是恶魔为了否定主而创造出来的。总之，米吉多子民否定所有的意识形态。

教团认为，在俗世的商店用钱换来的东西和服务基本上都是邪恶的，都受了恶魔的影响。教团会生产净品，就是信徒专用的食品和生活用品。信徒们在俗世赚来的钱应该尽可能用来购买这些净品。

赚钱就是埋头于俗世的工作，也是教团眼中的恶。信徒理应选择没有正规编制的工作或者打零工，这样才能灵活安排时间，尽可能多地为教团奉献。进俗世企业当正式员工的人反而会被嘲笑，被打上堕落的标签。

所以我的父母都没有固定工作，一直到处打零工，收入当然很低，还全都用来买净品了。而且净品价格偏高，一包几乎没什么料的即食咖喱都要500日元左右。

每顿饭都只有一个菜。连那种只有汤水的即食咖喱，都是难得一见的美味佳肴。

每季只有两三套衣服换着穿。开了线、破了洞也不买新的，全靠母亲缝补。儿时的我以为这样的生活是很正常的……不，我认定这样的生活才是幸福的、富足的。

至于爱情……米吉多子民不允许年轻人谈恋爱。30岁之前禁止与异性交往，因为只有成熟的灵魂才能孕育真爱。单身男女不得与异性单独外出，当然也不能发生性关系。连自己处理都是明令禁止的。自慰了就得向营地干部汇报，然后接受惩罚。

我的父母是婚后一起皈依入教的，而其他单身信徒和我这样的二代信徒到了30岁，就要和教团指定的人结婚，这叫"召命婚"。

是呀，当年有位信教的男歌手也因为召命婚引起了俗世的关注。我是没印象了，因为他结婚的时候，我才刚出生不久。不过他在教团里很有名，算是块活招牌吧。嗯，他还给教团写过宣传歌曲呢。他的召命婚对象是掌管全日本所有营地的理事的女儿。

其实召命婚的对象应该都是干部按自己的想法挑选的,因为帅哥美女最后都跟干部的子女凑了一对。但我当时真以为结婚对象都是主定下的。

上高中的时候,我们营地的少年社团主管对我说:"告诉你一个秘密,我就是你的召命婚对象。"他当时都四十几岁了,长得特别胖。他有过一次召命婚,但妻子因病去世后又变回了单身。他的年纪足有我的两倍多,也完全不是我喜欢的类型,所以我不知所措……但他毕竟是领导我们的主管,所以我对他没有丝毫怀疑。于是我心想:哦,等我 30 岁的时候,就要和这个男人结召命婚了。

后来,他开始带我去没人的地方,摸我的身体,摸胸部和臀部……说"这是在为结婚做准备"。每个月大概两三次吧。每次在会上见到,他都要摸我。

我当然很恶心啊。他的体味很重,稍微凑近一点就有馊奶酪的气味扑鼻而来……哦,奶酪本就是馊的吧?反正就是有种鼻子里塞了腐烂发臭的东西的感觉。但我当时硬是告诉自己,有这种感觉都是不对的。我必须忍着,因为这个人是主为我定下的伴侣。

渐渐地,他就把手伸进了我的内裤。不光摸我下面,还让我……握住他的下体……但他没有做到最后一步。我猜他肯定也是怕的——怕破了戒律。不过他常对我说:"等你到了 30 岁,你的纯洁就归我了。"现在回想起来,我都起鸡皮疙瘩。

我无疑是遭到了性暴力,尽管当时完全没有这方面的意识。那时我还是个高中生,一想到这种情况要持续 15 年,结婚了以后还要……我就觉得眼前一片漆黑。但我努力说服自己,这才是幸福,这样才能得到主的祝福。

高三那年,我喜欢上了一个同龄的男生。他跟我是一个营地的,就是那个小时候因为偷玩宝可梦受罚的人。我原本对他没什么好印象,觉得他不守规矩。不过进入少年社团的同一个委员会以后,他就一点点走进了我心里。他确实不是一个踏踏实实守规矩的人,但对委员会的工作还是很负责的,人也靠得住。回过神来才发现,我已经满脑子都是他了。

这算初恋吗……也许算吧。

问题是,我的召命婚对象是早就敲定了的。我告诉自己,我是不可能和他在一起的,必须封印这份感情。

没想到在委员会的任期结束时……哦,刚好也是我高中毕业的时候,他向我表白了。他说:"我喜欢你,你愿意瞒着主做我的女朋友吗?"

二代信徒表白时都会加上"瞒着主"这三个字。我毫不犹豫地同意了。虽然教团明令禁止,但谈恋爱的年轻信徒还是很多的，我周围也有好几对在搞地下情。虽然这违背了教义，但大家都是这么干的。而且最让我欣喜的是，我们是两情相悦。

高中毕业后，我和他一边打工，一边参加营地青年社团的活动。

我们都很清楚，这段关系一旦暴露就会惹上大麻烦。所以刚在一起的时候，我们还是非常小心的，会刻意在别人面前装出对对方很冷淡的样子。好在我们都靠打工赚到了一些可以自由支配的钱，也有智能手机，偷偷联系一下，约出来见个面倒也不是什么难事。

直到我上小学的时候，米吉多子民还把手机和网络视为眼中钉，说那都是恶魔弄出来的东西。但随着时间的推移，传教和教团的运营都渐渐离不开这两样东西了。不知不觉中，教团开设了官方网站，卖起了周边产品，也顺势放开了戒律，允许信徒用手机了。他们在这方面是真的很马虎。

幸好我的召命婚对象是少年社团的主管。转进青年社团之后，见面的机会就少了。交男朋友以后，我是真的不想再被他碰了。

后来，我逐渐对米吉多子民的教义生出了疑问。教团说全知全能的主时刻注视着我们，那我们的地下情怎么一直都没暴露呢？某天约会的时候，我抱着试探主的心态对他说："今天去开房吧。"我本就想把纯洁献给真心喜欢的人,他也提过很多次了,一切水到渠成。从那以后,我们每次约会都会去开房。他很想要,我也觉得在他怀里的时候特别幸福。

嗯,破戒本该带来不幸,我却很幸福。所以我渐渐生出了一个念头:其实我已经得到了主的宽恕。

谈了约莫3年,地下情还是暴露了。那天我们一起走在闹市区,被同一个营地的人撞见了。我们并没有手挽手,还是有可能糊弄过去的,他却没有找借口,跟那个人说了实话。看来不光我一个有被宽恕的感觉,他也一样。他还以为我们的关系能得到教团的认可。我当时也同样乐观,还以为教团会网开一面,把我的召命婚对象换成他呢。

可惜事与愿违,营地的干部和父母都大发雷霆,非要拆散我们。我的召命婚对象也气急败坏,说什么"你失去了纯洁,灵魂被玷污了,这辈子都不能结婚生子了,无论你如何弥补都不会得到宽恕,也不能在审判日后复活了"。

我的男友对此深恶痛绝,提议私奔。他斩钉截铁地告诉我,米吉多子民是个满口谎言的邪教。

大概他天性好奇,自然而然就对俗世的事物产生了兴趣。无论是在学校还是在职场,米吉多子民的信徒都往往会和俗世保持距离,尽可能减少交集。我上高中前也一样。这对我们来说是非常自然的，因为我们从小就被灌输了这样一个观念——"俗世是个污秽可怕的地方"。但他跟大家不一样。他有很多俗世朋友，也偷偷摸摸接触了很多俗世文化。

跟他在一起以后，我对俗世也有了更多的了解。我们约会时常去电玩中心、电影院和游乐园，而在教团眼里，那都是恶魔创造的娱乐设施。他介绍了很多俗世朋友给我，包括他的高中同学和打工的地方的前辈。而我也在打工的地方结交了俗世朋友，听起了被教团认定为颓废的俗世音乐，看起了俗世的小说和漫画。

这些东西在一瞬间拓宽了被教义圈死的小天地。与此同时，我逐渐意识到，被教团视若蛇蝎，说是被恶魔统治着的俗世并没有那么糟糕，反而比教团营地的封闭世界广阔得多，也精彩得多。

俗世商店里卖的东西尤其让我惊讶。因为那些东西比米吉多子民的净品便宜得多，质量也好得多。发现百元店卖的即食咖喱比500日元的净品咖喱更好吃，料也又多又大时，我还是很震惊的。

而且我惊讶地发现，俗世和米吉多子民对正式员工和打工者的认知是完全相反的。在俗世，长期没有固定工作才是游手好闲，才是堕落。

对俗世的实际情况了解得越多，我就越觉得信徒的生活一点都不幸福富足，而是非常贫穷和不幸的。

超市里有各种比净品价廉物美的商品。一日三餐荤素搭配，营养均衡。衣着整洁，偶尔下个馆子，看场电影，翻翻书本。对俗世的普通孩子来说，这都是再正常不过的生活。我越来越不觉得这样的生活有什么不好了。我还觉得，为了过上这样稳定的生活找一份正经的工作也不是堕落，而是很了不起的事情。

男友看起了抨击米吉多子民的书，还有前信徒写的爆料书。他甚至对我说："如果这些书里写的都是真的，米吉多子民搞不好是个打着主的旗号坑蒙拐骗的邪教。"

但那个时候，我和他都还心存疑虑。毕竟我们从小就被灌输了米吉多子民的教义。虽然了解了俗世，也生出了怀疑，却还是无法轻易否定教义。

地下情就是在这个节骨眼上暴露的。

正因为教团想方设法拆散我们，我们才得以跨过最后的界线。

我们是那样相爱，甚至认定自己得到了主的宽恕和祝福。所以我们才敢确信，不承认这份爱的教团一定是冒牌货。他提议私奔时，我只觉得一切都是命中注定，毫不犹豫地跟他走了。

我们离家出走，脱离了教团，逃去了东京。他有个高中同学搬去了东京。多亏人家作保，我们才找到了落脚的地方，在郊外租到了一套廉价公寓。地段是偏了些，但采光很好，看着还挺不错的。没过多久，我们就找到了打零工的地方。

教团可能是不想和俗世闹出纠纷，很少抓叛教的信徒回去。因为教义的核心是末世论，他们觉得"反正叛教者会在审判日灰飞烟灭"。我只给家里打过一次电话，结果被母亲痛骂了一顿。"我们没有你这种堕落的孩子！你将在恶魔统治的地狱俗世受尽折磨！那是你罪有应得！"骂完就挂了电话。听到亲生父母说出这种话，我的心都碎了，不过从某种角度看，这倒也方便了离家出走的我。

摆脱教团的控制，和心爱的人在东京过上幸福快乐的生活……当时我坚信，自己能收获真正的幸福，而不是教团营造的假象。

不，应该说我当时在努力让自己相信这一点。

其实我心里是很慌的。虽然我否定了教义，脱离了教团，但这并不意味着"俗世污秽可怕"的烙印会立刻消失得干干净净。光靠我们两个，真能在俗世活下去吗？我担心得要命。我的焦虑并不是杞人忧天。因为在俗世的生活中，我感受到了前所未有的痛苦。

作为米吉多子民的信徒跟俗世产生交集，和百分百生活在俗世有着天壤之别。俗世没有教义，没有"人只要这么做就行"这样的正确答案，做什么都得自己拿主意。

超市货架上的商品比净品丰富得多。可选择越多，我就越是不知所措。俗世有很多好东西，但无论选择什么，好像都有更好的东西。而且要选好东西或更好的东西，钱是必不可少的。

我们可以自由支配的钱变多了，因为原本为教团服务的时间都用来打工了。我们摆脱了价格偏高、质量也不好的净品，可以选更好的东西和服务了。但与此同时，我也深刻体会到了买不起想要的东西或做不了想做的事带来的痛苦。

我和男友都只有高中学历，连驾照都没考过。教团说"学校里教的都是骗人的"，所以我们没正经学过多少东西，说白了就是没见过世面，能找到的也都是些卡着最低工资线的工作。

虽说来到了俗世，就能尽情观看喜欢的电视节目了，可没有电视机又怎么看电视呢？为了买电视，我们不得不勒紧裤腰带。好不容易买到了电视机，也忙得没工夫看喜欢的节目。那就买台录像机吧。可录像机也得花钱买啊。电视机和录像机都有很多很多款式，可是到头来，我们还是只能选最便宜的。

和在教团的时候相比，生活水平明明是提高了的，痛感贫穷的次数却变多了。做了喜欢的事，或者花了很多钱，我也会感到内疚。即使买的是最便宜的电视机和录像机，我都有种自己在犯罪的感觉。哪怕我已经脱离了米吉多子民，但顺从俗世的欲望和花钱为恶的价值观依然根深蒂固。

压力大的时候，过得不顺心的时候，母亲骂的那句"罪有应得"都会浮现在脑海中。我总是不由得想，也许米吉多子民的教义才是正确的，是我们这些叛教者自甘堕落。

但男友比我还要痛苦。在教团的时候，他看起来是那么世故，那么可靠。谁知本已抛弃的信仰与俗世价值观之间的分歧把他折磨得不成人样。渐渐地，他开始后悔跟我私奔了，嚷嚷着"俗世果然被欲望填满了""不该离家出走的""我们堕落了"……然后……他就开始对我施暴了。

起初是口头的暴力。稍微有点不顺心，他就会对我破口大骂。比如我洗过的碗上有那么一丁点污垢，他就会吼我："你连碗都洗不好吗！想害死我啊！"他似乎是真的担心小污渍滋生细菌，最后害得他一命呜呼。

我也由衷地愧疚，只觉得自己犯了天大的错误，真心反省，连连道歉。他骂过很多难听的话，比如"白痴""渣滓"……我就默默受着。当时我并不认为这有什么不对。我是真觉得自己做了错事，所以才会挨骂。

家务也不是平分的。我们都是从早到晚在外面工作，做家务的却只有我一个。但我不在乎，一点也不在乎，满脑子都觉得是自己不好。

说话的态度不好，眼神太傲慢……这些都成了他训斥我的理由。渐渐地，他嫌我听不懂人话，开始动手了。但我只当他是在管教，只当这是自己理应受到的惩罚。

　　我甚至觉得，他的辱骂和暴力是一种救赎。从客观的角度看，被殴打的我是受害者，而打人的男友是加害者。但在我们之间，他才是受害者。我以为是我的错误和愚蠢伤害了他。这样明确是非能给我安全感。在没有正确答案、缺乏安全感的俗世，明明白白听人说"你错了"并受到惩罚无疑是一种解脱。

　　对我来说，他大概是教团和主的替代品。

　　可他的暴力不断升级。从巴掌到拳头……还掐我的脖子。受伤成了家常便饭。我的鼻子有点歪，这也是因为当年被他打断了鼻梁骨，出了好多血。内心的角落里有这样一个念头：再这么下去，我说不定会死在他手上。死就死吧，那也是没有办法的事情。我当时有种近乎认命的奇异心境。

　　唯独那一次……也不知道是怎么回事。那天他把我打得遍体鳞伤，大概是心情特别不好吧，下手比平时还要狠，打着打着，门牙都断了。搞不好今天真要被他打死了……刚冒出这个念头，脑海就成了血红一片。回过神来的时候，我已经把他推开了。那是我第一次反击。他踉跄了几步，一头撞上冰箱——哦，当时我们在家里的厨房——然后瘫坐在地。他应该不是撞疼了，而是吓到了。他整个人都愣住了，喃喃道："你……"

我突然怕了。本以为他会气得下更重的手。我一直把挨打当解脱，却在那一刻怕得一塌糊涂。

我真的不知道自己怎么会突然陷入那样的恐惧。是求生的本能吗……我的律师说，那是生物与生俱来的保命本能，但我自己也说不出个所以然来。

总之，当时我只想尽快摆脱这种恐惧。就在这个紧要关头，我看到了插在水槽边上的菜刀……

嗯，我用菜刀捅了他。他大概没想到自己会突然被捅，连躲都没躲。菜刀扎进了他的胸口，一拔出来就喷了好多好多血。我本想顺势再捅一刀。他大叫着想逃，但好像没法立刻站起来，只好在地上爬。我追了上去，朝他的后背连捅了好几下。

后来，我听警察说他挨了24刀。当时我什么都顾不上了，根本不记得自己捅了多少刀。回过神来的时候，他已经一动不动了。

法庭上的事是全权交给律师处理的。我毕竟杀了一个人，而且还是自己心爱的人，本以为法官肯定会判死刑的。我认定自己做了一件无论有怎样的苦衷都不能被原谅的、非常可怕的坏事。

谁知最后只判了6年徒刑。听说法院认定我的行为不构成正当防卫，但在很大程度上考虑了我当时的处境。

但无论我受到了怎样的惩罚,有一点是板上钉钉的——到头来,我还是没能过上幸福快乐的日子。我明明是为了追求幸福,才和他一起脱离教团,逃进了俗世。

法官宣判时,我仿佛听到了另一个人的声音。

——你要放弃,要接受,要忍耐。

那肯定是这个世界的声音。

从小到大,我一直都在这个声音的掌控之下,只是之前都无知无觉罢了。

然后我就进了 K 监狱,认识了春姨。

02
植芝甚平

啊，你就是给我打电话的那个……哦，对，我就是植芝。

不好意思啊，没想到你这么年轻。听说你是小说家，又在调查那么久远的事情，所以我还以为会是个上了年纪的呢。

啊？不是小说家？可……哦，是吗？业余的也能搞这种采访啊？哦，没关系，我倒无所谓你是不是专业的。

这年头不是讲究那什么社交……对对对，社交距离。座位隔这么远也挺好，不用担心被别人听见。不过我也没什么机会跟人一起进茶馆就是了。

呵呵，而且……街上的人少了，尤其是外国人少了，这样也挺好。但在公开场合说这话啊，怕是会被人骂。

直到前一阵子，银座和新宿的百货店里还是中文满天飞呢，不知道的还以为自己出了国。

我这样的老骨头也没几年好活了，要是疫情能让日子稍微好过点，那我也认了。就是委屈了你们这些年轻人。

是叫入境游吧？那些指着外国游客发财的肯定都傻眼了，搞餐饮和旅游的人也在为以后的日子发愁吧。那个什么"Go To"[1]搞得也太不是时候了，八成没什么用。

你是想打听朝比奈春——小春的事儿？

该从哪儿说起呢？

啊？哪年生的？你问我？昭和八年，昭和八年7月18日。每次去医院，护士都要问这个，可能是想检查一下我有没有老糊涂吧，所以报得特别溜。公历是……是几几年来着？你自个儿算一下吧。1933年？那就是了。

对，我跟小春都出生在和歌山县的S村。那是座面朝大海的村子，挨着纪伊水道。没什么特别的，就是座啥也没有的小渔村。村里大部分人家以捕鱼为生，我爸也是。

我们是同龄人。我记得小春是4月生的吧，我比她稍微晚一点。小学上的也是同一所，算是青梅竹马吧。

小春从小不认生，见了谁都是笑眯眯的。跟她在一块儿的时

---

[1] 日本政府为重振因新冠疫情受挫的产业而推出的一系列财政补贴活动，包括 Go To Travel（补贴观光旅游）、Go To Eat（补贴餐饮）等。

候，心里总是乐滋滋的。我那时候还小，啥也不懂，现在回想起来，她大概就是我的初恋吧。

我家有个妹妹，只小我1岁，很多年前就痛痛快快地走了。她当年经常和小春一起玩过家家，有时也会叫上我。我假装不情愿，其实心里乐意得很。

当年可没有像样的玩具，孩子们都在海边捡死鱼和贝壳玩。现在的孩子大概理解不了我们怎么用那种东西过家家吧。但我觉得，那时的日本人就是在这个过程中自然而然学会了生命是怎么回事的。

小春总是扮演住豪门大院的千金小姐。毕竟是孩子嘛，也不知道真正的有钱人过的是什么日子，所以只能模模糊糊地想象，他们住在金银财宝堆里，每天都很开心，总之就是照着童话故事的那套来。

跟她们一起玩的时候，我总是扮演士兵。我的职责是守护千金小姐的家，不让美国人打进来。小春家的茂哥偶尔也会跟我们一起。

嗯，对，小春有三个哥哥。茂哥是老三，比我和小春大3岁吧。人很聪明，长得也壮，还有运动细胞。大伙儿都说他长大了肯定能考上军校。他是个疼妹妹的好哥哥，心也善。还记得我妹妹经常瞎说："要是茂哥也是我哥哥就好了。"

跟我们玩过家家的时候，茂哥总是扮演我的长官。我们男孩子几乎把过家家当成了打仗游戏。不过那时候，大人是真在打仗。

我们虚岁9岁、实岁9岁的时候，"大东亚战争"[1]开始了。嗯，对，就是跟美国打的太平洋战争。

小春的大哥和二哥都应招入伍，死在了战场上。

小春的父母很坚强。无论是两个儿子入伍的时候，还是接到死讯的时候，他们都没表露出一点儿悲痛。尤其是她爸，不停地嚷嚷"为国捐躯是莫大的荣誉"，像是发自内心地高兴。她妈也是个坚强的爱国妇女，没有因为儿子战死沙场哭哭啼啼。

小春却难过得要命。也难怪啊，毕竟她当年还小。还记得有一次，小春玩着玩着突然哭了起来。于是茂哥就安慰她说："别哭了，我会给大哥二哥报仇的，也绝对会保护好小春的。"

给战死的亲朋好友报仇——在那个年代，到处都是发这种誓的孩子。我也想长大了当兵，和茂哥一起上战场呢。

也不知道是幸运还是倒霉……我还没当上兵呢，战争就结束了。

---

[1] 日本对第二次世界大战时在远东和太平洋战场的战争总称。该词在日本战败后被驻日盟军总司令部视为"战时用语"而禁止使用，如今多使用"太平洋战争"指代日本对美英、东亚和东南亚各国发动的战争。

不过吧，现在回想起来，一切就是从那个时候乱了套。

考虑到国力的差距，那也许是一场鲁莽的战争。但事后说这些都是马后炮。日本也有日本自己的正义。侵略战争什么的，都是后来美国为了方便编造的谎言。那场战争是为了自卫。

当年的我坚信，正义的日本是不会输的。不止我一个，大伙儿都这么想。还记得那天，8月15日——对，玉音放送[1]。其实我没听懂广播里说了什么，反正公所来了人，说日本打输了，村里的大人都是一脸的纳闷。

毕竟日本从没打过败仗啊。所有人都认定，笑到最后的一定是日本。

但日本输了，要被美国占领了。

从那时起，小春的爸爸就不太对劲了。他本是个满腔热血的爱国男儿，用"质朴刚毅"这四个字来形容再贴切不过了。可能就是因为太爱国了吧。

他开始大白天酗酒，然后到处瞎逛，嚷嚷着"神国日本不可能输给美国！肯定是搞错了！"，还拿着日本刀横冲直撞。

我倒是能理解他的感受。我也想大闹一通啊。

可抡着刀嚷嚷实在是太吓人了。连我爸妈都嘱咐我，千万别

---

[1] 1945年8月14日由昭和天皇亲自宣读并录音，隔日由日本放送协会第一放送（今NHK广播第1频率）对外广播的《终战诏书》。"玉音"是对天皇的声音的敬称。

靠近朝比奈家。

不过嘛,小春的爸爸只是个极端的例子。有的是因为日本打了败仗变得不正常的人,我爸当时也成天闷闷不乐,可见那是件多么不得了的大事。

话说战争快结束的时候,有很多城里的流浪儿跑来了我们村里。好像都是些在空袭中没了爹妈的孩子。因为城里没东西吃,实在是没活路了,他们就漫无目的地从一座村子走到另一座村子,像乞丐一样挨家挨户要饭,住进没人的空房子里,没过两天又不见了人影。村里人也不宽裕啊。最后有好多孩子死在路边,成了孤魂野鬼。

用"战时和战后的混乱"来总结倒是轻巧。那段日子真是一团糟。

听说美国大兵要来我们村子的时候,大伙儿就更乱了。那应该是战争刚结束一个多月的事情,美军开始进驻日本。西日本的美军基地设在了大阪,但大阪湾里沉了好些水雷,所以美军要从和歌山登陆,我们村的海滩也会来美国大兵。

其实他们只是路过而已,可村里人都说美国大兵都是魔鬼畜生,男的都得死,女的都要被强暴,传得有鼻子有眼的,搞得全村人心惶惶。

可能就是这种焦虑的情绪,让本就不太对劲的人变得更不对劲了。小春的爸爸是逢人就嚷嚷"做好切腹的准备!",还来过我们家,眼里都是血丝,那叫一个吓人啊。

但我心底里也觉得,堂堂日本男儿就该以身殉国,不能当俘虏苟且偷生。只是我到头来也没能鼓起勇气。

然后……就在美军登陆的前一天晚上,小春的爸爸妈妈把孩子们绑了起来,放火烧了自家的房子,拖着全家自杀了。

那天半夜,我也被爸妈叫了起来。街坊们纷纷赶去救火,可惜火势太猛……我和爸妈赶到的时候,只有小春一个跑了出来。

说是绑着她的那条绳子碰巧松了。她拼命挣扎,就把绳子给挣断了,逃了出来。当时整栋房子都着火了,浓烟滚滚,她都看不清爸妈和茂哥在哪儿,只能听到一阵阵的呻吟,也不知道是谁在喊。于是她就想先跑出去找邻居求救。谁知火势越来越大,她一出来就没法再靠近一步了。

当年的房子和家里的物件都是易燃的木头和纸做的。大伙儿都说,小春能逃出来简直是个奇迹。

哦,对对,报上也登了。房子和人都被烧成了焦炭,只有小春活了下来。

据说她有个远房亲戚住在邻近的T镇,后来她就被送去亲戚家了。

但我们那儿毕竟是乡下嘛,去邻镇也得翻个山头。当年也没有公交车，没什么机会走动。嗯，听说她在那边结婚了。然后没过多久，她老公就死了，只剩下她一个了。哦，我也是听别人说的，具体的不太清楚。

啊？哦，是叫"海牛神"吧？听说泡沫最厉害那阵子，小春就是按那个神的神谕投资的，还说那是她老家的神仙。

可我从没听说过那种神仙。嗯，至少S村应该没有那样的传说。

嗯，确实常有死了的海牛被冲到我们村子的海滩上。每次都是同一种，小的巴掌大，大的也就四五十厘米长吧，看着像大号鼻涕虫，全身发绿，就跟长了霉和苔藓似的。它们浑身发亮，黏糊糊的，看着怪恶心的，还有毒。

我也不是很懂，只是听人说过很多海牛会在体内积攒毒素。虽然毒性不强，但不小心碰一下，手上就会起疹子，所以村里的大人都会叮嘱我们，在海滩上看见了海牛也千万不能碰。

我们男孩子还会用棍子戳着玩，女孩子都嫌恶心，躲得远远的。唯独小春特别喜欢海牛，也不知道是为什么。

那都是什么时候的事了？应该还在打仗吧。一天傍晚，我在海边看到了小春和茂哥。

凑近一瞧，原来有条特别大的海牛被冲上了沙滩。他们兄妹俩正盯着看呢。

我问："不恶心吗？"他们却异口同声地说："多好看呀。"

我问哪里好看了。小春说："它看着可放肆了。"她说那海牛全身金光闪闪的，感觉无拘无束，可好看了。

我说："哪里金光闪闪了，明明绿得瘆人嘛。"一旁的茂哥却说："你仔细看，那不是金光闪闪的吗？"

我当时都不知道他在说什么梦话。大概从他们站着的地方望过去，夕阳下的海牛确实是金色的吧。

后来小春不是弄了个闪亮的"海牛神"金像嘛？我猜啊，原型搞不好就是当年的那只海牛。"海牛神"的传说十有八九是小春自己编的吧。

小春去了亲戚家以后，我就再也没见过她了。

泡沫最厉害那几年，我听说当年的小春上了杂志，成了大家口中的"北滨魔女"，别提有多惊讶了。杂志上还有她和"海牛神"金像的合影。看着有点眼熟，有几分小时候的影子。

玩过家家的时候，她总是扮演富家千金，没想到长大以后真成富婆了。本以为她过上了随心所欲的日子……

却没想到，她居然犯了那种事。

我可不清楚案子的细节，也从没见过死在她手上的那个男人。除了电视上放的，杂志上写的，我什么都不知道。

小春自己在法庭上说，杀人是为了给"海牛神"献祭。可那也太扯了吧？当时的周刊杂志都说，她是想通过胡说八道让法院认定自己有精神病，这样就能脱罪了……天知道真相到底是怎么样的。毕竟小春都没上诉就去坐牢了啊。

小春怎么干得出诈骗、杀人这样的坏事呢……我知道她小时候是什么样子的，实在是难以置信。

03
宇佐原阳菜

呵呵，怎么净说我了？

还是说回我在狱中听春姨讲述的身世吧。

春姨告诉我，她的老家在纪州的一座渔村。纪州就是今天的和歌山县。

除了父母，家里还有三个哥哥，总共六口人。父亲为人严厉，但很靠得住。母亲性情坚忍，操持家务从无怨言。老大诚哥正派踏实，老二武哥心地善良，老三茂哥聪明强壮，最疼妹妹。

在春姨还很小的时候，一家人互相扶持，过着清贫却快活的日子。

可战争爆发以后，一切都乱了套。其实春姨出生的时候，日本已经走上了战争之路，所以她对我说，命运的齿轮可能早就错位了。

总之，日本跟美国打了起来。大哥和二哥相继收到了入伍通知单——是叫"红纸"[1]吧？全家人三呼万岁，送他们上了前线。

听到这段的时候，我都觉得不可思议，心想"原来还有过这种事啊"。

我当然知道日本是跟美国打过仗的。但现在大家一提到外国，最先想到的不就是美国吗？安倍首相和特朗普总统的关系好像也挺不错的。我信过的米吉多子民也是诞生于美国的宗教，街上到处都是英语字母。我在俗世接触到的很多文化都是源自美国，好比电影和音乐。所以我有点想象不出来，日本怎么会跟那个国家打仗呢？

而且刚开战的时候，日本还占了上风呢。

谁知战事越拖越久，战况也不断恶化。美军的轰炸机开始空袭城镇了。本就贫困的生活雪上加霜。

没过多久，哥哥们的死讯相继传来。其实那个时候，战争都快结束了，可老百姓哪里知道呢？春姨的父母表现得很坚强，家里的气氛却变得分外阴沉。春姨说，父亲就是从那个时候开始对家人施暴的。

---

[1] 入伍通知单的俗称，因为印在红色的纸上。

挨打的主要是母亲。举筷子的动作、说话的语气稍有不慎，父亲都要刁难半天。拳打脚踢成了家常便饭，身上总是青一块紫一块。父亲还打着管教的旗号，用竹刀抽打孩子们的后背，罚他们在泥地上跪很久很久。当时春姨才刚满12岁。

母亲、哥哥和春姨遭受父亲的暴力时都会连连道歉，说"对不起，都怪我不好"。一方面是因为不道歉会吃更多的苦头，另一方面则是因为他们都发自内心地认定是自己不好，都接受了父亲的暴力，咬牙忍着。

听到这里，我不由得吃了一惊。原来春姨也有过类似的经历啊。我以前也是这样的，明明遭受了不讲道理的暴行，却认定错的是自己。我这才明白，她为什么能理解我的经历。

对当时的春姨来说……其实其他人也一样吧。唯一的盼头，就是日本打胜仗。

战事一拖再拖，城里都吃不上饭了。据说当时有很多人从城市涌入乡村，只为了找口吃的。到处都是死在路边的人。不知不觉中，连村子的空气都有股尸体的腐臭味了。

都到了这个地步，春姨还是咬紧牙关。坚持到日本打赢这场仗，吃过的苦就都有回报了。到时候大家就成了战胜国的国民，可以吃饱饭，过上富足的生活了。然后父亲就不会再打骂折磨我们了——这成了春姨唯一的盼头。

可是日本输了。

1945年8月15日，战败的消息传来。春姨特别痛苦，不知道这些年的忍耐是为了什么。

战败让春姨的父亲变本加厉。他开始上街乱挥日本刀，大吵大闹，村里人都绕着他走。

发生在家里的事情就更糟糕了……嗯……她遭受了性暴力。

这一点也跟我一样。在教团的时候，我也是性暴力的受害者。不，春姨比我惨多了。

我也就是被人摸了摸下体而已。当然，说"而已"其实是不妥当的。那恐怕会成为我毕生难忘的可怕经历。

但春姨不单单是被人摸了，而且是被人侵犯了，被父亲侵犯了。没错，强暴她的，正是她的亲生父亲。当年她才12岁。父亲仿佛算准了她快来初潮了，扑向了她。

父亲说："得再生几个孩子。""你妈已经生不了了，所以你得替她生。要多生几个强壮的孩子，下次才能打胜仗。"父亲扯着歪理，侵犯了春姨。

而母亲选择了视而不见……不仅视而不见，她还说"你就做妈妈的替身吧"。她说，这样才算是为小家、为大家做了贡献。

春姨自己也认定咬牙忍耐才是正确的，接纳了一切。

跟我在教团经历过的一模一样。在某些封闭的群体中，在外人看来无比疯狂、无比可怕的事情都成了常识。日本投降前，全国上下大概也处于差不多的状态吧。

父亲待春姨非常粗暴，整个过程都只有痛苦。但春姨坚信，忍耐就是自己的使命。可是忍着忍着，她突然醒悟了。

因为她遇到了"海牛神"。

她在战争结束的第二个月有过一段奇遇。

她在村子的海滩上遇到了一位奇怪的和尚。

和尚浑身湿透，就跟刚从海里出来一样。仔细观察，还能透过袈裟的缝隙看到琼脂般滑腻的皮肤，在阳光下泛着金光。压得很深的草帽下面还有一张扁平的脸。脸上的皮肤也跟琼脂一样光滑，金光闪闪。春姨说，那和尚的模样像极了被冲上海滩的海牛。

嗯，听说在春姨老家的村子，常有闪着金光的海牛在傍晚时分被冲上岸来。

春姨说，那和尚怎么看都不像人，倒像人鱼。打仗前，母亲给她买过一本《安徒生童话》，她翻来覆去看了好几遍。虽然和尚长得跟童话里的美人鱼不一样，但她认定美人鱼肯定有长得像海牛的远亲。

就在这时，和尚仿佛看透了她的心思，开口说道："没错，我是人鱼。"

他还说:"我是守护日本的神仙之一。"

也许是因为他长得太不像人了,春姨一下子就信了。

那个和尚,错了,那位神仙说,神界和人间有某种松散的联系。如果一个国家灭亡了,这个国家的神也会灰飞烟灭。

神仙说他快不行了,让春姨当他的新依代[1]。他递给春姨一个小小的纸包。

打开一看,里面是一块金灿灿、软乎乎的东西,看着跟琼脂似的,质感和神仙的皮肤一样。神仙说,那是他的肉。吃下那块肉,就能成为他的依代。换句话说,春姨可以让神仙附在自己身上。

这样一来,神仙就能长长久久地保佑她了。

纸包是陌生人给的,天知道里头的东西能不能吃,但春姨没有丝毫的怀疑。

她就像被人操纵着似的,乖乖吃下了那块肉。

据说那肉比她吃过的所有东西都要甘甜可口,入口即化。

刚把肉吞进肚里,神仙的身体就一点点化成了泡沫,流进海里消失不见了。

春姨意识到,神仙已经转移到了自己体内。因为她很快就听

---

[1] 神灵附身的对象。

到了在脑海中响起的声音:"我定会助你一臂之力。"

神仙说,他终究是战败国的神,没有通天的法力,但除掉几个人还是不在话下的。只要春姨愿意,他可以帮忙除掉主宰着她的家人。

春姨大吃一惊。因为她从没有过被家人掌控的意识,更没动过除掉他们的念头。

神仙接连发问:

"你甘愿当父亲的玩物吗?""你想生下父亲的孩子吗?""你是为了给父亲生孩子才来人间走这一遭的吗?"

不等春姨回答,神仙就给出了答案:"不,其实你满怀愤怒。你的父亲、你的家人和变成这般模样的世界,都让你怒气冲天。"

愤怒。

此时此刻,春姨终于察觉到了在心底暗藏了许久的情绪。

没错,春姨一直都怀着满腔的愤怒。

她气这个国家高呼"奢侈是敌人",命令民众咬牙忍耐,最终却输掉了战争,只在她心中刻上了深深的沮丧和痛苦。

气父亲无法接受祖国战败的事实,将无处可去的控制欲转嫁到家人身上,甚至用亲生女儿宣泄那可憎的性欲。

气家人一味自责,对所有的荒唐视而不见,对她见死不救。

所以她怒气填膺。

即便如此,她还是很纠结的。

因为母亲和哥哥都是她最看重的家人,禽兽般的父亲也不例外。在太平洋战争爆发之前,还有战事初起的时候,一家人还是和和美美的,春姨也很爱他们。

可一切都变了,再也回不到从前了。不,哪怕找回了那个相亲相爱的小家,也无法抹去已经发生的种种。

她不能接受,也不能原谅这样的主宰——于是她下定决心,向神仙祈求。

"海牛神",求您除掉我的家人。

春姨称呼体内的神仙为"海牛神"。这三个字脱口而出,就好像她早就知道这个称呼似的。

第二天晚上,家里就失火了。不知道为什么,除了春姨,家里的其他人都动弹不得,最后只有她侥幸逃生。

她望着烧尽房子和家人的熊熊烈火,脑海中响起"海牛神"的声音:"如果你有朝一日又对某人生出了愤怒,气到欲除之而后快,我也会替你完成心愿。"

其实那个时候,春姨心中仍有愤怒,但这股愤怒并没有特定的对象。

她气的是这个世界。是这个世界不顾她的意愿,让她生在了战败国的穷乡僻壤,还将残酷的命运强加于她。

春姨暗暗发誓。

发誓要报复这个让自己降生的世界。

听到这里,我都感动了。因为再残酷的命运,都会被米吉多子民的信徒当成主的考验。他们的思维会就此停滞,试图接纳一切。对信徒而言,世界就是主本身。世界是不可违抗的,更别说是报复了。

但春姨不一样。

春姨所定义的报复,是自由自在地活着,不受任何人、任何事物的束缚。

她很喜欢用"放肆"这个词。

绝不忍耐,向命运和世界抗争,放肆地做自己想做的事,过自己想过的日子。春姨认为,这就是对世界的报复,也只有这样才能够平息怒火。

仔细想想,这个故事还挺不可思议的。

我不觉得春姨叙述的每一个字都是真相。

怎么说呢……也许在这个世界上,本就没有什么真相是可以完完全全与所有人分享的吧。

我对这一点深有体会。在米吉多子民的营地时,和男友私奔到俗世时,在监狱里听春姨讲述身世时,还有出狱以后——我在不同的时期看到的世界是截然不同的。

被过去的我视作真相的东西，在现在的我的眼里却成了谎言。在"我"这么一个人的内部都能有如此巨大的反差，与他人分享真相就更不可能了。

春姨在狱中告诉我的那些，对那个场合、那个时刻的她来说就是真相。

而在我这样的外人看来，她的叙述可能有很多添油加醋的部分，有彻头彻尾的谎言，或者隐瞒了某些重要的事情。

事实上，春姨的老家好像并没有"海牛神"的传说。但在福井县和日本的其他地方，确实有与"海牛神"非常相似的传说，我记得是叫"八百比丘尼"吧？传说的女主角吃了人鱼的肉，变得长生不老了。春姨虽然没能长生不老，但她的叙述和这个传说还挺像的。

以和尚的模样现身的"海牛神"给她吃肉的那段，说不定就是她根据从别处听来的八百比丘尼的故事编出来的。

但我相信"海牛神"本身是真实存在的，春姨也确实借用过他的力量。不然她之后的人生中发生的很多事就解释不通了。

04
高田峰子

唉,真要命……哪怕一步都不走啊,膝盖也疼得厉害。真不想变老啊。

哦,抱歉抱歉,你也不用这么过意不去啦。其实我挺喜欢出门的,就是在来这儿的半路上,在地铁站里遇到了一群怪人。

不是那种,就是一群老头老太太,拿着纸板做的标语牌。牌子上好像写着"停办东京奥运会"之类的话。八成是搞示威游行的左派,正要去首相官邸呢。

要我说啊,他们可真够傻的。不用费这么大力气游行,奥运会也会停办的不是吗?不过要是条件允许,那当然是办了比不办好,好歹能证明我们战胜了病毒嘛。还是得顺其自然,随他们去。尤其是我们这样的老家伙,还是少掺和的好。

真是的，就不能找点别的乐子安度晚年吗？当然啦，我也不怎么信任现在的政府和政客。可是搞那种示威游行又有什么用呢？而且最近疫情又起来了，还组织这种人群聚集的活动，你说傻不傻啊？这不就是不必要不紧急的外出嘛。

那种人总会勾起一些不愉快的回忆，让我直犯恶心。

哦哦，不好意思，不好意思。嗯，你今天约我出来，是想打听春姐的事儿吧？

那都是30多年前了吧？案子刚发生的时候，也有好多记者追着我打听呢。我接受过几家媒体的采访，可事后登出来的文章都写得特别粗俗下流，可把我气坏了，觉得很对不起春姐。

所以我吸取了教训，没再接受过采访。不过春姐这个当事人已经不在了，你要不介意陪我叙叙旧，那我就说说吧。

嗯，对，我老家是和歌山的T镇。翻过一座山，就是春姐的老家S村了。

我们家在战争刚结束的时候收养了春姐。对对对，她爸疯了，拉着全家自杀，只有她活了下来。不过我那时还小，不知道有这样的内情。嗯，当年我才6岁。春姐也就十二三岁吧。

我爸把她带回家里，说"从今天起，这个姐姐就要跟我们一起住了"。

我爸好像是春姐的妈妈的表哥。就是因为这层缘分，春姐来了我们家。

家里总共五个孩子。我是老三，上头有哥哥两个，下头有弟弟、妹妹各一个。我爸老说"也就是多双筷子的事儿"，可我觉得家里肯定没那么宽裕。他呀，就是个老好人。

我们家是种地的，种地瓜。以前种过西瓜，战时为了增产粮食改种了地瓜，后来也一直种着。

春姐毕竟是寄人篱下嘛，刚来就得每天干活。洗衣做饭，照顾年幼的弟妹……除了家务，当然还得下地干活。也难怪啊。在那个年代，老弱妇孺都得干活，否则日子就没法过了。

但春姐任劳任怨，干活可麻利了。她身体很好，从不伤风感冒，人也和善。爸爸和哥哥们总说："幸好小春来了咱们家，帮大忙了。"我也很亲她，因为她常辅导我做功课。

可一起生活了一两年以后，我妈就待她越来越苛刻了。

和同龄的孩子相比，春姐属于发育得比较好的那种，有那么一点点早熟。来我们家的时候，她已经有月经了。我小时候总觉得她像个大人，和妈妈没什么两样。但她又有几分少女特有的娇俏，特别招人喜欢。听别人说话的时候，她总是笑嘻嘻的。嗯，说白了就是讨男人喜欢的类型。算不上绝色美女，但很容易亲近。哎呀，就是大家现在常说的"治愈系"。

当年我们镇上有的是爱慕春姐的男人。我哥和我爸也是小春长小春短的，净想着春姐。

后来春姐不是靠陪酒发了家嘛，其实早在那个时候，她就开始施展这方面的天赋了。

我妈好像就看她这一点不顺眼。她常说："那孩子见了谁都抛媚眼。"

我妈也不是平白无故这么说的。嗯，春姐正值妙龄的时候，确实跟各种各样的男人交往过。我都见过好几次她和男人单独在一起，而且每次的男伴都不一样。

然后在我上初中那年……嗯……是昭和二十六年，1951年，春姐嫁给了村长家的儿子。当时她还不到二十，也就十七八九吧。

哦，不是姓村长啦，那户人家就是古时候的村长，所以大家都这么喊。他们用自家的地盖了公寓，招了房客，勉强算得上财主吧，但也就是乡下的小富户而已。

即便这样，大伙儿还是说春姐攀了高枝。

村长家的儿子就是那种典型的乡下大少爷，做什么事都喜欢摆架子。有人夸他热心肠，靠得住，也有人说他喜怒无常，自私自利。反正我是不太喜欢他。不过嘛，这很有可能是因为他的脸长得跟压瘪的包子似的，不合我的口味吧。

呵呵，我当年也是个花季少女，对情情爱爱有了兴趣。在我看来，春姐明明可以找个更好的，于是我就问："你为什么要嫁给他呀？"

结果春姐是这么回答我的："因为他有钱啊。"她说，她从所有爱慕者里选了一个最能让她过上好日子的人。多痛快呀。她还说："他对我很好，把我当公主一样捧着。我会为了他做个贤妻良母的。"

在T镇那样的乡下地方，大多数人家都是种地的，春姐的老公却在一家大公司上班。从那时起，外出工作的人家渐渐多了起来。话说我结婚的时候，家里也把传统的日式房子改成了小洋房，过上了所谓的战后生活。

如果春姐能在婆家生儿育女，她老公也一直好好的，她的人生也许就是另一番景象了。我也一样。

春姐总也怀不上孩子。她结婚以后也常来我们家做客，我都能看出她在为这个发愁。当年还没什么像样的法子治疗不孕不育。她喝过姜汤，摘过鱼腥草熬汤，反正只要听说有什么东西吃了有助于怀孕，她都试过。

可惜孩子没来，她老公就死了。死得特别突然。

在某年夏天的晚上，他在外头喝了酒，独自走回家的时候不小心掉进了大雨后暴涨的河里，就这么淹死了。

警察还审问过春姐呢。

因为不好判断人是自己脚下一滑栽进河里的,还是被别人给推下去的。这种时候,老婆不就成了头号嫌疑人嘛。

真可怜啊。春姐应该还是很爱她老公的。办葬礼的时候,她也是从头哭到尾。都这样了,还要被警察怀疑,谁受得了啊?

不过……是叫"不在场证明"吧?警方查到她老公出事的时候,她刚好在婆家,和婆家人在一块儿。再加上也没找到其他可疑的证据,这件事就按意外处理了。

后来,春姐回我们家住了一段时间。

其实我大哥提过一嘴,说只要春姐点头,他很乐意娶她为妻。我爸也很赞成,但我妈是反对的。

只不过啊,春姐根本就没这打算。

大哥问:"小春,你以后准备怎么办啊?"她说:"我要去大阪。女人要想自己养活自己,还是去大城市好些。其实我已经找好工作了,住处也物色好了。"春姐啊,早就想好了。

大哥的希望落了空,整个人都蒙了,笑死我了。我妈倒是喜滋滋的,说"去大城市挺好的,你这样的姑娘还是更适合在城里过日子"。

我偷瞄着春姐,心里别提有多羡慕了。因为我也想去城里。

当时我应该是17岁吧。在我老家那样的乡下地方,姑娘家连高中都上不了,我也是初中一毕业就回家里帮忙干活了。爸妈觉得我到了找人家的年纪,都托人打听起来了。当年都是这样的。找个好人家,生儿育女,相夫教子……这就是女人的幸福和本分。连春姐都走过这条路呢。

所以我本以为,要不了多久,自己就要跟一个陌生人相亲结婚了。但我其实是想去城里的。

大战已经结束快10年了,而且那时还有特需。对对,朝鲜特需。因为朝鲜在打仗,日本离得近,美国就在日本采购了很多物资。

当时我也不是很懂,但通过广播节目和爸妈时不时买回来的杂志知道城里是一片繁荣,说什么"咔嚓万元,夜夜笙歌"。"咔嚓万元"的意思是,只要织布机"咔嚓"一响,就有万贯银钱进账。当年日本接的纺织品订单特别多,尤其是麻袋和军装,所以才有了这么个说法。

朝鲜战争结束后,那边也一直物资短缺,带动日本的经济繁荣了好一阵子。所谓的"经济高速增长期"就是从那时开始的。

多亏外国打仗,自己国家的经济变好了。照理说吧,这本也不是什么值得拍手叫好的事儿。要知道不久前,日本自己还因为打仗乱得一塌糊涂呢,也在朝鲜干了不少缺德事儿。

可我当年哪懂这些啊。

我只是看多了女性杂志里的模特,向往她们的妆容和发型。

那时有越来越多的日本女人开始关注穿衣打扮了，也许这就是生活变得富足的体现吧。新的化妆品层出不穷，一会儿口红，一会儿粉底。介绍这些产品的杂志上的模特也打扮得漂漂亮亮，穿着带荷叶边的罩衫和波点裙子什么的。

可是抬头一看，映入眼帘的却是一片褐黄的乡村景象，除了泥土和地瓜，什么也没有。镇上的商店也几乎买不到杂志上介绍的东西。家家户户的女眷都素面朝天，每天灰头土脸地干活，一过三十就成了黄脸婆。

我妈当时才五十出头，看着却跟现在七老八十的人一样苍老。

一想到自己也要在这个乡下地方结婚成家，变成那副样子，我就憋屈得要命。说不定换几趟车、赶一天路就能到达的大城市里，真有杂志里描绘的花花世界呢。

明明那么近，却又那么远。我本以为，自己这辈子都够不到杂志里的世界了。

谁知春姐提议："小峰，要不要跟我一起去大阪呀？"她对我说，"你不也想去城里闯闯吗？那就跟我一起去吧。"

她告诉我，她要去的那家店还能再雇一个姑娘。店里包住，不用操心在哪儿落脚。只要我乐意，她就帮忙牵线。

我却畏畏缩缩的，一会儿说"爸妈已经在物色人家了"，一会儿说"天知道我这种没啥学问的姑娘能不能在城里站稳脚跟"。结果春姐异常严肃地问我:"小峰,你想过什么样的日子?你真想嫁人吗?"

春姐说,结婚是真没意思,经历过一次她就看透了。老公再有钱,婆家再富裕,到头来还是束手束脚,也就刚开始能享受几天公主的待遇。生不出孩子,就只能一天天熬着,根本做不了自己想做的事,等于是把人生交给了别人。

春姐说,她一直都很后悔。

真要做自己想做的事,就不能当别人养着的公主,必须自个儿赚钱。

我都不知道春姐这么后悔。老公出殡的时候,她是那么伤心,那应该不是演出来的。有些事情啊,就是因为心里有对方才伤脑筋。

春姐的话有种不可思议的说服力。现在嫁了人,以后说不定会后悔。可春姐说的"自个儿赚钱"又是我从没想过的,我真有那个能耐吗?

就在我扭扭捏捏的时候,春姐说了这么一句话:"你不是想去城里,像经常看的女性杂志里的模特那样,过光鲜亮丽的日子吗?"

她对我说,真想嫁就嫁,不想嫁也别勉强自己。不必因为自己是个姑娘，就顾虑这顾虑那的。不愿意干什么，就得自己想出不愿意的理由来："你完全可以更放肆一点，做自己喜欢的事嘛。"

是啊，我确实不想嫁人。我想去城里，过杂志里的那种日子。春姐比我自己还懂我的心思。

于是我就求了春姐："我也想去，带我一起去吧。"

春姐就陪着我去做爸妈的思想工作，谁知他们都没怎么反对，反而把我搞蒙了。

本以为我妈肯定不会点头的，她却说"兴许能在城里找个好归宿"。我又不是去找对象的。

大概爸妈心里也有数，知道年轻人都往城里跑的时代来了，呵呵。再加上我们家孩子多，我上头有哥哥，下头有弟弟妹妹，他们也想尽快把姑娘打发出去吧，怎么打发都好。当然啦，他们嘴上是不会这么说的。

嗯，于是我就跟春姐一起去了大阪，进了南区的一家叫樱花的寿喜烧餐厅。

虽说是寿喜烧餐厅，但服务员是要一边下菜，一边招呼客人的，还要陪客人喝酒。客人要是有中意的，还可以点名让她来陪。熟客都有自己中意的服务员。其实客人都是冲着姑娘来的，而不是餐厅的招牌寿喜烧，有时还会为了姑娘争风吃醋呢。

是啊，所以我们表面上是服务员，实质上就是陪酒小姐。樱花就相当于日式餐厅和夜总会的结合体吧。总之，我们干的是卖笑的营生。

我和春姐都当了这种跟陪酒小姐差不多的服务员。

其实我当时还没成年，但那个年代各方面的法规都还很宽松。掌柜说我四舍五入也差不多二十了，让我也去陪酒。

住的是餐厅安排的宿舍……其实就是套破旧的公寓啦，面积才四帖[1]半。我跟春姐一起住了一段时间。

实际去了才知道，大阪并没有杂志描绘的那样光鲜亮丽，比我想象中的更加……该怎么形容呢，俗气？空气里总是弥漫着酒味和呕吐物的酸臭味，到处都是刺眼的霓虹灯。

掌柜常说："你们就是群不用唱歌跳舞的艺伎，这差事多好干啊。"哪里好干了？喝醉酒的客人里有的是下流坯，可不好对付了。

但我过得很开心，尤其是刚去的时候。因为每天接触到的一切都是那么新鲜。光是点个煤气灶，我和春姐都激动得直嚷嚷。我们去大阪的时候，新世界刚好在建通天阁。那应该是第二代吧，原先的通天阁在打仗的时候烧没了。

---

[1] 日本面积单位，指一张榻榻米的面积，约1.548平方米。

也不知道为什么，只要漫步街头，望着那座一天天成形的高塔，我心里就美滋滋的。买到杂志上看到的化妆品时，我也开心得一塌糊涂。店里的客人说的那些事也都是我闻所未闻的，听着特别新鲜。酒水和饭菜也都很可口……

有春姐做伴应该也是挺重要的因素吧。哪怕去了陌生的地方，只要有个知根知底的人在身边，心里就会踏实很多，不是吗？

而且春姐是真的很有天赋——陪酒的天赋，说招人喜欢的天赋也成吧。她很快就红了，逮住了好几个大主顾，好比公司的老板啦，市议员啦……一眨眼的工夫，她就成了店里的头牌，小费拿到手软，常请我吃香的喝辣的。

她也很得掌柜的器重，进店第二年就当上了组长。哦，组长就是管服务员的小领导。樱花总共有百来个服务员，每二三十人为一组，谁去哪间包厢都是组长定的，所以当了组长就能自己挑客人了。春姐把这种特权用到了极致，抓住了更多的大主顾。

当时春姐也就 20 多岁，风华正茂。好多客人为她神魂颠倒。渐渐地，她跟一些特别阔的客人有了私下的来往，拿他们给的零花钱。没错，就是找几个靠山，给人当情妇。

靠山里最厉害的一个就是濑川先生。

濑川集团的董事长，濑川兵卫。刚出事那会儿，不是有周刊杂志说春姐当过"关西商界大腕的情妇"吗?濑川先生就是那个"大腕"。

濑川先生第一次来樱花……应该是春姐刚当上组长的时候吧。

当时濑川先生还不是集团董事长,好像还当着什么濑川物产的总经理,但总经理也是大人物嘛。他大概是对春姐一见钟情了,来得越来越勤,后来他们就神不知鬼不觉地好上了。

不过我是真佩服春姐。

受特需的影响……或者说多亏特需带来的恩惠吧,当时樱花的生意还挺好的,常有大阪商界的重量级人物光顾。但濑川先生在那群人里也是出类拔萃的,毕竟他后来当上了濑川集团的董事长呀。春姐看准机会拿下了他,真是太厉害了。

哦,我听说濑川先生接任董事长这事儿也不是一开始就定下的。濑川集团虽然是家族企业,但旁系和兄弟姐妹挺多的,内斗也很厉害。

跟春姐好上以后,濑川先生步步高升,坐上了集团董事长的宝座。怎么说呢?春姐确实有先见之明啊,还特别旺夫。

哈哈,濑川先生早就有家室啦。嗯,从严格意义上讲,他们确实是婚外恋的关系。樱花本就是为拈花惹草的人服务的地方嘛。连我都跟有妇之夫好过呢,但没跟任何人提起,一直保守着秘密。其他服务员也一样啦。

不过吧，在一起的时间长了，哪怕自个儿不说出来，周围的人也能瞧出点端倪，久而久之就成了公开的秘密。春姐和濑川先生也是这样。但人家毕竟是大人物，大家都怕惹麻烦，所以也不敢找春姐打听。具体是什么情况啊，谁都不知道。

啊？嗯……对。说起没人知道的事……

嗯，春姐请过一次长假，半年多没来店里上班。掌柜给出的说法是春姐的爸爸病了，要她回去照顾一下。可春姐的爸爸早就去世了啊。于是我就问掌柜："到底出什么事了？"他却什么都不肯告诉我，还让我"别多管闲事"。

过了半年多，春姐就跟没事人似的回来上班了。我问她干什么去了，她却躲躲闪闪，说"你就别问那么多了"。

春姐休假的时候，濑川先生一直没来过店里，春姐回来上班以后他才来的，于是我就猜，事情搞不好跟濑川先生有关。

当时店里有个老前辈说，春姐搞不好是去生孩子了。她也没证据，只是凭直觉猜的，说看春姐周身的气场像是刚生过孩子，那孩子十有八九是濑川先生的。这么议论的人还不少。当然啦，谁都没法求证就是了。

什么时候？嗯，应该是……开奥运会之前。对，上一次东京奥运会。嗯，对，就是电视刚开始播放彩色节目的时候。是哪一年来着？1960年？就是池田首相说要让国民收入翻番的那阵子。嗯，对，就是那个时候。

刚好是春姐休完长假回来上班以后吧，街头巷尾……或者说社会的气氛又发生了一些变化。

收入确实跟政府说的那样节节攀升，普普通通的上班族和开商店的老板都越来越阔气了。彩色电视还是奢侈品，但黑白电视的普及率已经很高了。还有车——城里的车渐渐多了起来，我都能感觉到空气变得越来越污浊了。

樱花的生意却越来越差了。毕竟战争特需已经结束了，樱花这种介于餐厅和夜总会之间的半吊子寿喜烧餐馆也早就过气了。

大阪开出了很多正经的寿喜烧餐厅。真想吃寿喜烧的，都会选那种走正统路线的店。想享受夜生活的，自然会去夜总会。

我们刚进樱花的时候，周末的座位都得提前半年预订。可不知不觉中，满座反而成了稀罕事。年糕钱和冰块钱也给得越来越少了。哦，就是奖金啦。只是现在不这么说了吧。

总之，春姐就是在那时下定决心自立门户的。

我记得很清楚，那是昭和三十九年——1964年。因为就是那一年开的奥运会嘛。春姐提了辞职，说是打算自己开一家日式餐厅。

对，就是千日前的那家春川。

春川起初并不是一栋高楼。春姐买了一间原来当旅馆用的房子，保留外壳，里面改造成餐厅。可即便是这样也花了不少钱。开店处处要花钱，这叫"初始投资"是吧？春姐说那些钱是她这些年一点点攒的，但我觉得吧，肯定是濑川先生赞助的。

春姐还从樱花挖走了几个人。嗯，我也跟去了。我本就是跟春姐来的大阪嘛。

除了服务员，春姐还带走了店里手艺最好的厨师，白木师傅。

白木师傅进樱花的时间跟我们差不多，算是同届的老同事吧。起初他学东西很慢，经常挨骂。肉总是煎得半生不熟，出去采买的时候，也挑不出新鲜的肉和鱼，所以主厨老骂他是饭桶。不过苦练一两年以后，他进步神速，一眨眼的工夫就成了店里最好的厨师。

我常看见他一个人在后厨练习，肯定是下了苦功夫的。听说白木师傅的名声越来越好，春姐也高兴地说："我就知道他会有出息的。"

啊？哦……这我就不知道了。你所谓的"特殊关系"，是指男女之间的那种关系吧？我觉得春姐跟白木师傅不是那么回事。当然啦，他们的关系还是很不错的，不然春姐开店的时候也不会挖走他了。

看气场啦，气场不一样。春姐和白木师傅在一起的时候，不会像接待靠山的时候那样抛媚眼。但我从没当面问过"你们是不是有一腿",所以不清楚实际情况。

当时春姐已经是樱花的服务员领班了,比组长还要高一级。这么一个人要带着店里的姑娘和最好的厨师自立门户,照理说肯定是要闹上一闹的。但樱花的掌柜大概也觉得是时候关门了,两边很快就谈妥了。不过嘛,可能是濑川先生居中调停,塞了点钱给掌柜,掌柜也没有挽留要走的服务员。

春姐就这样拥有了属于自己的店。

哦,对,没错。她就是在那个时候定做了一尊金光闪闪的"海牛神"雕像,摆在餐厅的神龛上。

泡沫最厉害的时候,不是常有媒体介绍改建成了大楼的春川吗?说那栋楼的顶层套房里有个供着金像的神龛。春川刚开业的时候,神龛就设在二楼的客厅里。

我问春姐:"那是什么啊?"她说:"那是'海牛神',是我的守护神。"

那是我第一次听说"海牛神"。嗯,老家并没有那样的传说。

春姐说,"海牛神"住在她出生的S村的海里。但那件事发生以后,各路媒体都调查过,发现S村也没有那样的传说。天知道到底是怎么回事,会不会是春姐自己编出来的神仙啊?

嗯,不管怎样,那金像确实长得跟海牛一模一样。春姐骄傲地说，那是纯金做的。可实话告诉你吧，我觉得怪瘆人的。客人们倒觉得很有意思。

嗯，春川开张以后，春姐时不时会跟客人提起"海牛神"。通天阁不也有个莫名其妙的比利肯[1]金像嘛？可能大阪人就喜欢这种东西吧。有些客人甚至会跟春姐一起对神龛双手合十，祈求好运呢。

濑川先生就是其中的一个。哦，对了，他跟春姐一直好着。我还在的时候，他也常来春川捧场。

我只在春川待了3年左右，辞职以后就再也没见过春姐了，所以后来发生了什么我也不太清楚。

至于辞职的原因……我倒是想归咎于时代，但说到底还是怪我自己太蠢了。

春川开张那年，也就是东京奥运会那年，春姐大概30岁吧，我是二十四五。一眨眼都在大阪待了9年了，眼看着就要满10年了。

我是真的很感激春姐，感激她带我走出乡下，进城开了眼界。我谈过恋爱，也尝过烟酒的滋味。虽然也不是天天顺心，但不痛快的时候用所有的积蓄买了喜欢的衣服也是一段美好的

---

[1] 比利肯（Billiken）：尖头、眯眼、嘴角上扬、形似婴孩的幸运神。

回忆。

我觉得自己进城以后,也算是尽情享受过青春了。当初要是没遇见春姐,在乡下结了婚……想想都毛骨悚然。呵呵,虽然这么说有点对不起在乡下嫁了个种田汉的妹妹。

不过啊,和春姐在一起的日子久了,我就明白了——我做不到她那样。

一起去大阪的时候,她在电车里说过这么一句话:"我可不想在大阪一直给别人打工,总有一天要开家自己的店或者公司,当家作主。"当时我还觉得滑稽,说"这话听着像爷们儿说的",可她却说:"做自己想做的事情嘛,是男是女又有什么关系?"

春姐说到做到,不到10年就有了自己的餐厅,当家作主了。

当然,春姐的店也不是大风刮来的。她记着自己见过的每一位客人,还把他们的信息都整理在本子上,苦心经营。找个靠山,让靠山心甘情愿为自己掏钱,可不是谁都能做到的事情,拿下濑川先生那个级别的大腕就更不用说了。

渐渐地,我就嫌春姐太耀眼了。

我总忍不住去跟她比。

刚才不是说了嘛,我也觉得自己在城里度过了还算愉快的青春时光。但我不像春姐那样心怀远大的目标,比如想自己开家店什么的。越是琢磨,就越是觉得自己一事无成。

倒不是想回乡下，却也不知道自己留在大阪是为了什么……

我仿佛被周遭的一切甩在了身后。东京奥运会结束了，接下来就轮到大阪开世博会了，街头巷尾是越来越热闹了……我能切身感觉到世界在迅速地变化，于是人就开始焦虑了。你懂这种感觉吗？真的吗？你也懂啊？

嗯，对。我的年岁也在增长，眼看着就快30了，可还是一事无成，有种被抛下的感觉。和春姐在一起的时候，这种感觉尤其强烈。

所以……才被那革命家钻了空子。

哈哈，错了。不是革命家，是个以革命家自居的渣男。

他跟我同年，当时也快30了，却没有正经的工作，成天泡在大学里跟学生吹牛。当时有很多他那样的赤色分子。

办完奥运会以后，学生运动又卷土重来了。他们一会儿嚷嚷"《日美安保条约》就该在1970年到期，不准再延长了"[1]，一会儿又说"不准在成田的三里冢建机场"。生活确实变得富足了，但富足也让各种各样的矛盾变得更惹眼了。不光日本这样，美国也一样。除了反越战运动，嬉皮士运动和妇女解放运动也是那个时期兴起的。

---

[1] 反对《日美安保条约》签订的大规模示威、反政府及反美运动史称"安保斗争"。首次安保斗争发生于1959年。1970年又发生了一次，最终发展成日本现代最大的民众抗议活动。

全世界的年轻人玩起了革命游戏,嚷嚷着世风日下,都是资本主义的错。那时苏联还好好的,好多人坚信朝鲜就是人间天堂呢。

春川是没有宿舍的,所以我自己租房住。房子租在吹田。那边是出了名的学生多,有好多民谣咖啡馆。反正住得近嘛,我就心血来潮找了家店坐了坐,没想到待着还挺舒服的。当时店里刚好在放西蒙和加芬克尔[1]的唱片。对,"和"。不是"西蒙 and 加芬克尔",而是"西蒙和加芬克尔"。那会儿都是这么说的。放的是他们的第一张专辑《周三凌晨三点》。呵呵,你大概都不知道我在说什么吧?我被震撼到了,没想到世上还有这么直击心灵的音乐。我可是一句英语都听不懂的哎。

于是我就开始时不时去那家店坐坐了。

过了一阵子,他就主动跟我搭话了。就是那个赤色分子。他说:"你常来这家店嘛。"嗯,说白了就是搭讪。我陪了那么多年的酒,自以为清楚该怎么应付男人。他长得还挺合我胃口的,于是我就决定跟他聊聊天,权当是打发时间了。

结果啊,一失足成千古恨。首先,他很懂音乐。披头士[2]、鲍

---

1 西蒙和加芬克尔(Simon & Garfunkel):著名美国民谣摇滚音乐二重唱组合。
2 披头士(The Beatles):英国摇滚乐队,被视为反文化运动理想的化身。

勃·迪伦[1]、加藤登纪子[2]……都是他带我听的。

然后就是……他对世界的看法，和来我们店里的客人不一样。他说的每一句话，都让我觉得格外新鲜。

也难怪啊，因为樱花和春川都是比较高档的餐厅，客人也都是公司的大领导，就是所谓的资产阶级。他却是专门跟资产阶级对着干的赤色分子呀。

更糟糕的是，我出身贫农，所以觉得他说的话都很有道理。

接下来的情节就很俗套了。我们每周都在民谣咖啡馆约会。回过神来的时候，他已经住进了我租的房子……说我被他洗脑了吧，可能有点夸张，但他确实给我灌输了很多思想，我还当真了。

他的观点似乎为我当时感到的困惑和焦虑找到了理由——因为社会是扭曲的，所以我才会这么焦虑，不是我有什么问题。有一次，我们聊起了我的工作。我跟他说了春姐的经历，结果他说："那不就是个高级妓女嘛。"

他说春姐一点都不独立自主，是资产阶级的奴隶，特别可悲，反正就是把她批了个体无完肤，然后把我夸了一通，说"你

---

[1] 鲍勃·迪伦（Bob Dylan, 1941—　）：美国创作歌手、艺术家和作家，部分早期作品成为美国民权反战运动的圣歌。2016年获诺贝尔文学奖。
[2] 加藤登纪子（1943—　）：日本唱作家，受东大学生桦美智子之死的触动积极参加学生运动。

却在努力把握自己的存在，比她了不起多了"。哈哈，我居然还记得，真是没救了。

当时我竟觉得醍醐灌顶，仿佛春姐在自己心里露出了原形。其实也没那么复杂。不过是因为他说我比春姐更厉害，所以我心里头高兴吧。

又过了一阵子，他说他要去东京，要杀进羽田机场，阻止佐藤首相去越南。就是羽田斗争[1]啦。

啊？你不知道？现在的小年轻听了怕是得吓破胆。当年可是有两千多号学生和革命家杀去了羽田呢。

他说他打算把工作重心转移到东京，要我跟他一起去。说什么"别再讨臭男人的欢心了，跟我一起为革命奋斗吧"，真够傻的……只怪我当年蠢得要命，居然被他说动了。

因为我刚和春姐吵过一架。真要说起来，原因其实也在他身上。

那个时候，我在店里也常学着他的样子说什么"资本主义是社会毒瘤"。春姐好像瞧出了点什么，苦口婆心地劝我说，"小峰啊，少跟奇奇怪怪的赤色分子来往"，"他就是在利用你"。

我却跟她顶嘴，说："关你什么事！你就不觉得依附资产阶

---

[1] 1967年10月8日和11月12日发生的新左翼暴动。学生先后两次堵截通往羽田机场的高速公路，以阻止首相佐藤荣作访问越南和美国。

级可耻吗？"饶是春姐都动了气，一来二去就吵起来了。

我们就这么闹僵了。后来我留了一封简短的辞职信，一声招呼都没打就走了。

唉，真是太蠢了。蠢到了极点。

我付出那么大的代价去了东京，到头来又做成了什么？不过是为他工作，为他做饭，陪他睡觉罢了。

除了羽田斗争，他还参加了冲绳屈辱日集会[1]、三里冢斗争[2]和新宿斗争[3]，东南西北到处跑，那叫一个开心啊。我呢，就忙着给他当贤内助，还以为这样就算是为革命做了贡献，就算是积极主动地参与了革命，干成了一番事业。

可我实际做的那些事，和相夫教子的妻子也没什么两样。

不过吧……我觉得他跟我还挺像的。他家也是种地的，他也是进了城的乡下人。革命和反战不过是个名头罢了，他大概也只是想干成点什么事吧。在玩革命游戏的时候，他大概会有自己成了某种人物的错觉。

---

[1] 1952年4月28日，二战战败国日本与美国等48个战胜国签署的《旧金山和约》正式生效，日本本土名义上摆脱了占领状态。但根据《旧金山和约》，冲绳继续置于美国占领和管辖之下，直到1972年才摆脱美国占领状态。因此4月28日也被冲绳人视为"屈辱日"。

[2] 机场预定用地内的部分住户拒绝搬迁，引发一系列社会问题，相关的民众抗争运动被称为"三里冢斗争"，因为机场位于成田市三里冢地区。

[3] 1968年10月21日发生于东京都新宿区的新左翼暴动，激进学生团体占领新宿车站，破坏火车的正常运输，反对日本政府支持美国主导的越南战争。

最后真被春姐料中了，我也不过是他玩革命游戏的工具。

跟他在一起3年后……刚好是开世博会那年，1970年。一眨眼，我都三十出头了。一天，他突然提了分手，美其名曰"各奔前程"。其实就是有了新欢，一个年轻的女大学生。瞧瞧，多俗套啊。

于是我就幡然醒悟了，不过也过了好一阵子才彻底放下。

我拉不下脸回去找春姐，就留在东京干回了老本行，在平民区的小酒馆陪酒。陪着陪着，就遇到了现在的老公……好了，我的经历就说到这儿吧。

嗯，我一直没回过大阪，也没再见过春姐。

听说我走后，春姐把春川改建成了金碧辉煌的大楼，然后开始投资，趁着泡沫经济赚了好多钱……嗯，都是通过电视和周刊杂志了解的。后来她搞诈骗，还按神谕杀人什么的，也是通过媒体知道的。

所以我刚才也说了，我对后面的事情一无所知。

05
宇佐原阳菜

放肆地活着,绝不忍气吞声,就是对世界的报复。春姨的观点对我来说是非常新鲜的,也让我豁然开朗。

米吉多子民认为欲望是邪恶的,是必须否定的。教团教导我们,幸福就是不断忍耐,服从主的安排。

——要放弃,要接受,要忍耐。

教团的教义,就是我听到的世界之声。

而放肆和教义是截然相反的。所以我一下子就认同了,觉得放肆地活着,也许就是报复这个世界的活法。

话虽如此,战争刚结束的时候,春姨还只是个12岁的孩子。再加上"海牛神"杀了她全家,让她成了孤儿。过上放肆的生活谈何容易?

后来，春姨投靠了亲戚。亲戚家所在的镇子，离她出生的村子不太远。

亲戚家也不富裕……不，应该算比较穷的，但好歹给了春姨一日三餐。只是家里实在没有余力供她深造，所以她就草草上了个初中，一毕业她就帮着家里种地瓜了。

春姨一点也不喜欢干农活，可她毕竟是寄人篱下，不好拒绝。万一因为发牢骚惹亲戚不高兴，日子就更难过了。

所以她见了人总是笑嘻嘻的，任劳任怨，所以亲戚家的父亲、儿子和街坊四邻都对她很好。见她累了，大家都会照顾她一下，替她干点活。时不时有人塞些糕点水果给她，节假日约她出去玩……说白了就是，春姨的异性缘很好。

春姨渐渐意识到，自己对男人是很有吸引力的。她开始觉得，被喜欢自己的人这么捧着也没什么不好。因为跟他们在一起的时候，她可以稍微放肆一点。

也是在那个时候，春姨切身体会到了金钱的力量。

当时镇上的人家基本都是种地的，春姨的亲戚也不例外。日子过得最好的一户人家则不然。他们在战争结束后率先告别了农业，在自家的土地上盖了公寓，招了房客。

在江户时代之前，那户人家一直都是村长，祖上留下了大片的土地，家底比较殷实。但和其他人家最大的不同，在于他们家不用再种地了，有了稳定的现金收入。

虽说战后的混乱还没有完全平息，但随着重建工作的逐步推进，各种物资都丰富了起来。手头的现金越多，就越是容易改善生活。

那家人的衣着打扮都跟其他人不一样。他们穿着高档的洋装，看着像美军流散出来的物资。那家的儿子常带着春姨去黑市，给她买稀罕的糖果糕点，很是阔气。

春姨说，含着甜滋滋的巧克力时，她觉得特别自由。

兜里有的是钱，想要什么随时都能买——放肆地活着，说到底不就是这么回事吗？那个时候，春姨想的还很简单。

后来，春姨就跟那家的儿子结婚了。据说她当年才18岁。因为在那座小镇，女人没有其他赚钱的途径。哪怕女人想工作，也没有雇主愿意用。要想得到足够的钱，过上放肆的日子，唯一的办法就是嫁个有钱人。

那家的儿子——也就是春姨的丈夫靠家里的关系进了一家大型食品公司。他告诉春姨，你不用下地干活，只要做些家务就行了。说白了就是当家庭主妇。春姨本就不爱干农活，当然是举双手赞成了。

从那时起，丈夫外出工作、妻子做家庭主妇的情况在乡下也多了起来。据说那是当年最现代、最进步的家庭模式。

我只觉得自己在听一个陌生世界的故事。原来还有过"女人没地方工作"的时候啊。我和男友叛教逃进俗世时,两个人都外出工作就是唯一的选择,身边已婚的俗世女性也没有一个当家庭主妇。

哪怕女人也有工作,回家了还是得做家务。男人就是不太干家务的,我的男友也不例外。勤快的大概也有吧,但据我所知,双职工夫妻或情侣大多是女方干的家务更多。

所以我不由得想,只干家务就能舒舒服服过日子的家庭主妇还挺有福气的。但事情也没那么简单。

春姨的婆家有公婆和小姑子,一大家子都住在一起。那时都没有"两代居住宅"[1]这个词呢。

据说春姨在婆家就是个顶着儿媳虚名的丫鬟,简直跟奴隶半斤八两。

春姨的丈夫是个上班族,到了傍晚就能下班。可是身为妻子,春姨的家务劳动却是24小时连轴转。婆家人会挑剔饭菜的调味、衣服的洗法……哪里做得不好了,或是不顺婆家人的心意了,等待着春姨的就是没完没了的冷嘲热讽。再加上当年不比现在,没什么家用电器,打扫卫生只能靠扫帚和簸箕,洗衣服还得

---

1 父母与子女两代人同住,但各自拥有完整的卧室、厨卫等生活设施,相互联系又彼此独立。

用搓衣板。到了冬天，春姨的双手就会长满冻疮。

结了婚，却还是过着忍气吞声的日子。春姨觉得心头的那股怒火——她在孩提时代就已经觉醒的那股对世界本身的愤怒不但没有熄灭，反而越烧越旺了。

但婆家的条件已经是全镇最好的了，毕竟有钱呀。春姨的丈夫也很大方，允许她进城买点自己想要的东西。

春姨告诉自己，做家庭主妇就是她的工作，一天天地熬日子。谁知，一个无法解决的问题浮出了水面。

那就是孩子。

婆家认为生孩子——生下传宗接代的男孩是春姨理所当然的义务。春姨自己其实并不是很想要孩子，但丈夫有那方面要求的时候，她也会正常配合，所以本以为孩子迟早会来的。

可她总也怀不上。婆婆催得紧，所以她也想了很多法子，算日子啦，吃有助于怀孕的东西啦……就跟大家现在常说的"备孕"差不多吧，但这些都没什么用。

这种事也不一定是春姨一方的问题，可婆家人全都把矛头对准了她，婆婆还当面骂她是"石女"呢。

我都不知道世上还有这样的骂人话，不由得吃了一惊。

春姨的丈夫也把责任都推卸给了她，说什么"只要你生个带把的延续香火，问题就都解决了"。

后来，丈夫的西装上开始时常沾染女人的香水味，没有缘由在外过夜的情况也渐渐多了起来。他显然是在外面花天酒地，可春姨稍加抗议，婆家人竟反过来责怪她，说"有出息的男人都是这样的"，嫌她"抓不住老公的心"。

春姨告诉我，直到这时，她才意识到结婚是一个多么错误的决定。

婆家是有那么几个钱，可继续在这儿耗下去，心中的怒火只会愈发高涨。每天都得忍气吞声，根本不可能过上放肆随意的生活。

所以春姨决定离婚。她本以为，婆家天天数落她家务做不好，嫌弃她生不出孩子，肯定会一口答应。

谁知婆家人和丈夫死活不肯。理由不过两个字——"面子"。他们让春姨别胡思乱想，赶紧生个大胖小子才是正经事。

春姨的愤怒达到了顶点。

也许再熬上几年，等她三四十岁了还没怀上，说不定婆家就会失去耐心，同意离婚了。

但春姨不愿再耗下去了。

她向"海牛神"许了愿。

求您杀了困住我的丈夫——

于是在一个大雨滂沱的夜晚，春姨的丈夫在醉酒回家的路上掉进了涨水的河，一命呜呼。

嗯，对。"海牛神"再次出手，帮春姨除掉丈夫。

当时春姨心里并没有什么纠结，因为她对丈夫和婆家早就没感情了。接到丈夫的死讯时，她甚至激动得差点手舞足蹈，好不容易才忍住，扮演了一个痛失良人的苦命妻子。

哦，"良人"这个说法也是从春姨那儿听来的。照理说丈夫肯定是有好有坏的，却非要统称他们为"良人"，想想也真是奇怪，呵呵。

听说春姨在葬礼上号啕大哭呢。她笑着告诉我，只要努努力，哪怕一点儿都不伤心，也能哭出来的。她果然不是一般人啊，我就没这个本事。要是她当年进了演艺圈，搞不好也是个一线明星呢。

总之，丈夫的死让春姨成功逃离了婆家。婆家的大部分财产在当时仍健在的公公名下，但她作为遗孀，好歹可以拿到丈夫的存款和其他资产的一部分。她决定用这笔钱当启动资金，去城里——去大阪闯一闯。

栽过一次跟头以后，春姨终于认清了一点。

钱很重要。没有钱是万万不行的。可冲着丈夫的财力结婚，到头来也只会被丈夫和婆家困住，只能忍气吞声。这样的生活与春姨的理想是背道而驰的。

春姨感慨万千地说，当初真不该为钱结婚的。但这不是理所当然的嘛。不瞒你说，听到这句话的时候，我还觉得有点滑稽呢。

总之，那几年的经历让春姨深刻意识到，钱还是得靠自己挣。但我刚才也说了，那个年代的乡下小镇并没有女人能挣到钱的工作，所以她才决定进城。

春姨去大阪买过东西什么的，知道城里跟乡下不一样，有的是女人工作的地方，也做了些功课。决定让"海牛神"帮忙除掉丈夫以后，她就联系上了一家叫樱花的店，给自己找了份工作。那家店类似于夜总会和日式餐厅的结合体吧。

哦，是的是的，没错。收留她的亲戚有个叫小峰的女儿，也跟她一起去了大阪。

于是春姨就在大阪当起了陪酒小姐。那个小峰也进了同一家店。

具体的我也不太清楚……但她们干的应该是卖笑的营生吧？

春姨似乎很适合这行。入行没多久，她就发展出了好些大主顾。主顾们会给她很多零花钱，好像是叫"小费"吧。

只不过……这毕竟是一份要跟醉酒的客人打交道的工作呀。有很多时候，她还是得硬着头皮忍耐。她说很多客人明明是自己掏钱来店里找乐子的，却特别瞧不起她们这些陪酒小姐，总把

"没你们女人说话的份儿""女人就是不中用"之类的话挂在嘴边，打心眼里看不起女人。而且越是这样的货色，就越是自作多情，春姨稍微给点好脸色，他们就会开口求婚，说什么"我就开恩收了你吧"。春姨当然拒绝了。她早就受够了婚姻，和那种人过一辈子跟噩梦有什么两样？

在乡下的时候，春姨背负着婆家强加给她的儿媳的职责。相较之下，城里的日子确实自在多了。可这样的生活还是和她想要的放肆活法相去甚远，内心的怒火也一直都没有平息。

早在进城之初，春姨就定下了一个目标：开一家属于自己的店。与其受雇于人，还不如自己当老板，这样就能少受点委屈，也能活得更放肆一些。

当年在外工作的女性本就很少，女老板就更是凤毛麟角了。"没你们女人说话的份儿"这句话就是社会大背景的写照。越是这样，春姨就越是想争口气。因为做一些在旁人看来不可能做到的事，就是她所定义的放肆，就是她对这个世界的报复。

她心想，也许拥有了属于自己的店，心中的怒火就会熄灭。

开店需要一大笔钱，而钱都在男人手里。

春姨告诉我，她早就对金钱有了些许直觉层面的模糊认识，而在进城以后，她深刻认清了两个关于金钱的真相。

首先，金钱本质上是自由和平等的。

我们可以用钱换到任何与金额相符的东西，这是多么自由。而且金钱的价值，不会因为使用它的人而改变，这又是多么平等。金钱的美妙就在于此。任何立场的人，都能用 100 块买到价值 100 块的东西。

100 块永远都是 100 块，无论用它的是男是女，是老是少。它的价值不会因为春姨是个年轻的女人就缩水成 90 块。反过来当然也一样，无论谁来用，都不会升值成 110 块。钱的用途也是自由的。可以买衣服，可以买糕点，花在别人看着肉痛的地方也不成问题。

仔细想想，这其实是很难得的。

还有……嗯，比如心灵。人们常说，心灵比金钱更重要。米吉多子民的教义也能归纳成这句话。但心灵是既不自由又不平等的，不是吗？他人的心灵就不用说了，我们甚至连自己的心都无法随意掌控。喜欢这个人，讨厌那个人……这么区分他人的也是心灵，所以心灵正是不平等的根源。

金钱则不然。无论男女老少，哪怕是病人和残疾人，都能以同样的方式使用金钱，将其转化为自己想要的东西。也许在人类发明的所有东西里，金钱就是最自由也最平等的。

但春姨还看破了另一个关于金钱的真相——一个岂有此理的

真相。

那就是，金钱在本质上明明是平等的，却偏偏集中在了男人手上。

换句话说，得到金钱的机会全都落到了男人的头上。

城里确实有别于乡下，有很多女人做的工作。

好比在公司端茶送水的文员、百货店里的销售员，还有春姨当过的陪酒小姐。

但细细琢磨一下，你就会意识到这些女人的工作大多是给男人打下手，赚不了几个钱，要么就是从赚到了钱的男人兜里捞钱。真正意义上的赚钱的工作，全都是男人在干。

意识到这一点时，春姨生出了一种莫名的恐惧。她越想越觉得，大阪这般光鲜亮丽的大城市，在本质上跟乡下小镇的婆家半斤八两。

但唉声叹气也没用。

既然钱在男人兜里，那就想办法掏出来。先夺走他们的钱，再夺走他们的工作就是了。

在城里的好处是，女人无须采取结婚这样的手段，也能达到这个目的。当小三、找靠山、找赞助人……怎么说都行，反正城里有的是男人愿意为不是自己妻子的女人一掷千金。

按春姨的说法，男人总是希望女人扮演三种角色。第一是情人，或者说性伴侣。第二是照顾他饮食起居的母亲。第三则是证明他在竞争中脱颖而出的奖杯。

春姨说，这是雄性人类的动物本能，没有一个男人例外。

我当时就想，哦……也许真是这么回事。跟俗世的普通情侣相比，我和死在我手里的男友的关系大概是比较特殊的吧。可是再怎么特殊，他好像还是希望我做好他的情人、母亲和奖杯的。

春姨在樱花上班的时候，日本正值"经济高速发展期"。我也只是听说过这个专有名词罢了。据说日本就是在那时实现了战后复兴，成功跻身发达国家的行列。春姨告诉我，那时候赚得多的男人都很顺从自己的本能。

所以春姨跟他们打交道的时候，时而像情人一般柔情似水，时而像母亲一般无微不至。但最重要的莫过于提升自己作为奖杯的价值。

男人希望女人扮演自己的情人和母亲，其实是单纯的利益使然。这两种角色伴随着显而易见的好处，因为上床很爽，母亲般的温柔又很治愈。奖杯这个角色却有些不同。没人会用奖杯喝酒，所以奖杯本身并不会带来实际的利益，有价值的其实是得到并拥有奖杯这件事。证明自己的胜利，让自尊心得到满足，才是奖杯的价值所在。

嗯，自尊心。

对那群引领着经济的增长、忠实服从本能的雄性来说，没有什么比这更重要了。为了得到奖杯，为了长长久久地拥有奖杯，为了夺下别人手里的奖杯，他们不惜付出常人难以想象的代价。

春姨说，正因为有这种超越实际利益的、自尊心层面的竞争，樱花这种做陪酒生意的店才能开得下去。这话也很有道理。

男人们是来店里狩猎的，但接待他们的春姨同样也在狩猎。

男人们常把"好女人"三个字挂在嘴边。他们所谓的"好女人"，就是奖杯属性里价值比较高的女人。这种价值不单单取决于容貌。运动员拼命争夺的奖杯不过是一大块镀了金的黄铜。哪怕一个女人容貌平平，只要能让男人坚信拥有她是有价值的，她就能比做不到这一点的绝代佳人抓到更大的猎物。

春姨也确实逮住了樱花最有权势的客人。那个人是日本首屈一指的大集团的一把手，春姨喊他"董事长"。不过听说他们刚认识的时候，对方还只是集团里的一家公司的总经理呢。

董事长是集团创始人的后代，命中注定要称王称霸，而他也坦然接受了命运的安排，尽情享受着自己的人生。他比店里的其他客人更富有，也更自由。他总是很快活，从不忍耐克制，想要什么就一定要搞到手。但他也很大方，深受众人的敬慕。

他就过着春姨向往的那种放肆的生活。

如果我也像他一样含着金汤匙出生——和董事长在一起的时

候，春姨总会不由自主地琢磨。这既是嫉妒，也是羡慕。

在这两种情绪的相互作用下，春姨渐渐被董事长所吸引。

而董事长也被她迷住了。

董事长是个很虔诚的人。他虽然没有皈依某个宗教或教派，但基督教的主、佛教的佛和日本自古以来的八百万神明[1]他都信。据说这样的老板还挺多的。他有时还会独自爬山祈祷，美其名曰"修行"，这也算是一种自然崇拜吧。

所以董事长特别吃"海牛神"那一套，认定春姨是有神力护身的女人。当然，春姨没告诉他"海牛神"帮自己除掉了家人和丈夫，只说那是自己的守护神。

于是春姨便也顺着他的心思，说"海牛神"是能帮人提升运势的神。嗯，在泡沫经济时代被人们津津乐道的"海牛神"的雏形就是这么来的。

那个神秘和尚的故事，搞不好也是跟董事长聊天的时候编的。当然，这只是我个人的猜测罢了。

就这样，春姨和董事长一拍即合。听说他们在一起以后时常结伴拜访灵山，还在瀑布下面一块儿打过坐呢。

后来，董事长把别的情妇都打发走了，春姨成了他的唯一。

---

[1] 日本有"神栖身于世间万物"的思想，"八百万"为虚指。

春姨当然是为了钱才给董事长当情妇的。但她告诉我,那也是一段真挚的爱情,他们确实爱过彼此。

春姨用董事长给的钱达成了目标,自己开了一家店。没错,那家店就是春川。春川是她去大阪的第9年开的,当时她也不过31岁。

呵呵,多不可思议啊。

其实……我现在也在陪酒,在一家红粉酒吧[1]做兼职酒保。表面上是酒保,其实就是陪酒小姐啦。但和夜总会不同的是,酒保不会坐在顾客身边,两边是隔着吧台聊的,所以是酒保,而不是陪酒小姐。红粉酒吧就是用这种方式钻了《娱乐场所管理法》的空子。

这样虽然不违法吧,但确实有点打擦边球的意思。不过也只有这样的行业才会收留我这种有前科的杀人犯吧。店长千叮咛万嘱咐:"你可千万别跟客人提啊。"

其实照理说,我已经赎过罪了,可谁会主动雇一个杀过人的人呢?我起初也想找一份白天上班的正经工作,可哪儿都不肯要我。这年头,就算简历上不写,也会分分钟被人查出来。因为在网上搜我的名字,就能找到好多文章。

---

[1] 红粉酒吧(Girl's Bar):女性调酒师调制饮品、陪顾客聊天的业态。

所以出狱以后，我也步了春姨的后尘。但夜场里的一切，都和春姨描述的截然不同。

来我们店里的，净是些1500日元的加钟费都不舍得掏的货色。倒也不是没人勾搭女酒保，但春姨提到的那种特别阔的、愿意花大价钱包养的是一个都没有，甚至没人给小费。

而且受疫情影响，从4月开始……对，就是政府发布紧急事态宣言的时候吧，从那时起，酒吧一直处于停业状态。工资当然是指望不上的，因为发的是时薪嘛。6月开始恢复营业了，但那种小气的客人都少了，所以排班被砍掉了很多……同事们都在担心下个月的房租和话费要怎么办，其实我也好不到哪儿去。

毕竟是不一样的店、不一样的时代，我看到的跟春姨看到的不太一样大概也很正常吧。真的，差别大得让人直想笑。

这也让我再一次痛感，春姨是真的很了不起。普普通通的陪酒小姐摇身一变，成了餐厅的老板娘，换了我是想都不敢想。

嗯？嗯，对，没错。春川开张后不久，和春姨一起去大阪的小峰就走了。

是叫"赤色分子"吧？据说小峰受了赤色分子的挑拨，说春姨"就知道依附男人"……后来跟人跑了。

赤色分子嘴上嚷嚷着反战，讴歌人人平等，其实不是什么好东西。他们高举平等的大旗，号召大家压制人最自然的需求和欲望，以负罪感为撬棍，让大家误以为自己在做正确的事情……嗯，春姨就是这么跟我解释的。

听到这里，我的第一反应就是：简直跟米吉多子民一模一样。我几乎对小峰生出了同病相怜的感觉。

春姨就跟我们不一样。因为她不会否定自身的欲望。她早就看穿了，只有金钱才能给人自由和平等。

不过……

虽然小峰因为赤色分子误入了歧途，但她说的那句"就知道依附男人"还是深深扎进了春姨的心里。

春姨实现了开店的目标，对董事长和周围的人也都是和和气气的，但她心中的怒火丝毫没有平息。

虽说拥有了自己的店，可还是处处都要忍气吞声。董事长对餐厅的内部装潢和菜单指手画脚，美其名曰"给点建议"。春姨也不是每一条"建议"都赞成，却不得不尊重董事长这个赞助人的意愿。毕竟董事长随时都可以撤回资金，从春姨手中夺走那家店。

董事长的指手画脚不光体现在餐厅的经营管理上。好比春川这个店名，就是用春姨的名字和董事长的姓氏拼出来的，说是董事长自说自话拿的主意。神龛也是的。

嗯，就是供奉"海牛神"的神龛，后来媒体也报道过的。神龛也不是春姨主动要弄的，而是董事长的意思。春姨认为"海牛神"就在她体内，所以没必要另设神龛。可董事长是个特别虔诚的人，非说"守护神才更应该弄个神龛请到店里来"，没跟春姨商量就定做了神龛和神像。

春姨倒也没吃什么亏。春川这名字挺好的，神像也是董事长花大价钱让人用纯金打造的，本身就很值钱。后来把春川改建成大楼的时候，春姨也保留了神龛和神像。

董事长在经营层面给出的建议大多很准确，也很管用。春姨却很纠结：继续违心地服从董事长，这家店还算得上"属于自己的店"吗？

事实上，在那些知道"董事长是春姨的后台"的人看来，春川并不是春姨的店，而是董事长送给情妇的店。有很多人假装抬举她，心里却瞧不起她，高高在上地说什么"这家店能开出来真是多亏了董事长"。但这话也没错。春姨能开出那家店，确实是多亏了董事长。

春姨总是心怀疑念：莫非我自以为掏出了董事长兜里的钱，其实只是在一味地满足他的愿望？

只有董事长放肆地活着。她只能在一边看着，偶尔沾点光。也许正如小峰所说，她不过是个依附者罢了。

为了开一家属于自己的店，春姨不仅扮演了情人、母亲和奖杯这三个角色，还向董事长献出了别的东西。

那就是孩子。

没错，春姨给董事长生过一个孩子。

一个她并不想要的孩子。

06
濑川益臣

今天是从东京过来的？大老远专门跑一趟，真是辛苦了。

不不不，我是真不辛苦。说我过得悠闲自得吧，确实有点拉仇恨，还不是因为退休得早嘛。每天也就翻翻报纸，看看股票行情，再看个电影什么的，那本就是我的兴趣爱好。

是啊，我这人就喜欢电影，年轻的时候还想当电影导演呢。以前还常去电影院，现在都改成上网看了。

去年不是上了斯科塞斯[1]的新片嘛，叫什么来着……唉，大概是因为上了年纪吧，忘性太大了。你不知道？嗯……对了，

---

[1] 马丁·斯科塞斯（Martin Scorsese, 1942— ）：意大利裔美国导演。后文提到的《爱尔兰人》入围第92届奥斯卡金像奖最佳影片。

《爱尔兰人》。我为了看这部电影注册了网飞[1],然后就一发不可收拾了。我觉得这东西方便得很,能看到世界各国的好电影,连连感叹流媒体原来这么好用,还立马注册了亚马逊 Prime 会员,结果好巧不巧撞上了疫情。那阵子政府不是号召大家居家吗?发布紧急事态宣言以后,我每天都要看上两三部电影。

照理说,我这个年纪的人成天闷在家里是不太好的,但在网上看电影确实轻松啊。新片上线也挺快的……嗯,所以电影院恢复营业以后,我也很少去了。这也算是一种新的生活方式吧。

是啊,天知道事态会怎么发展……我也问过还在濑川干的人,他们都说高层很头疼啊。

冲着奥运会带来的入境游客,今年日本各地都有新开的大型商业设施。关西还有世博会,建设计划都排满了。濑川也投了好些项目,只是大环境确实不太好。

但我本人还是很乐观的。

奥运会也许是办不成了,世博会也亮了黄灯,但这种状态总不可能一直持续下去吧。人类总有一天能战胜新冠的,也许是靠疫苗,也许是靠特效药,也可能是靠集体免疫……就算战胜不了,也会与它共存。就跟变成了季节性流感的西班牙流感似的。

---

1 网飞(Netflix):流媒体播放平台,类似于国内的爱奇艺、优酷、腾讯视频。

人类的经济活动确实出现了暂时性的萎缩，但总有一天会在全球范围内再次扩大的，历史就是最好的证明。

不过嘛，也许因为我已经脱离了集团，所以才说得出这些没轻没重的话吧……

哦，也是。外人确实不容易搞懂。

濑川物产、濑川地产和濑川汽车被称为濑川集团的"三巨头"，它们也是集团的主体。在我这样的嫡系子弟看来，集团旗下的其他公司都是旁支。我退休前担任总经理的 Riverlife 就是家刚成立不久的小公司，都没带上"濑川"两个字，是旁支中的旁支。总经理也不过是徒有虚名。退休时，我在集团内的级别也就跟三巨头的部长差不多吧。

我虽然是老四，但好歹是正支嫡系的男丁。照理说，就算当不上董事长，好歹也能混个三巨头的一把手当当，这个年纪肯定也还没退休，接着当个顾问什么的。

不过实话实说，那种身份并不适合我。集团里常有人嘲讽我，说我是个窝囊废。这话倒是没错，因为我的商业头脑确实比哥哥们差远了。

如果泡沫破灭后的困难时期是我当掌舵人，怕是早就没有什么濑川集团了。不，我一点儿都没夸张。

话说你今天来……是为了打听我的父亲濑川兵卫和她——朝

比奈春女士之间的关系吧？

事到如今，再装腔作势也没意义。明确告诉你好了，他们确实交往过，是所谓的情人关系。据我父亲当年的亲信说，这在集团内部也是尽人皆知的秘密。

哈哈，其实直到前不久，我对这件事还是绝口不提的。

朝比奈女士出事以后，有些八卦杂志在文章里提了"关西商界大腕"，暗示她跟我父亲有关。当时濑川集团全力施压，不让他们做深度报道。

泡沫经济是父亲去世很久以后才开始的，所以他并没有参与让朝比奈女士名声大噪的那些投资，跟那起案子更是一点关系都没有。要是媒体一通乱写，影响了濑川家族的形象可怎么得了。几乎所有的出版社和电视台都有濑川集团旗下的公司投放的广告，所以我们说话还是有点分量的。

但事情都过去快 30 年了。我父亲和朝比奈女士，还有我母亲和哥哥们全都不在人世了。

而且你要写的也不是爆料文章，而是小说啊。既然是小说，那告诉你也不要紧吧。

我今天是准备把自己知道的一切都告诉你的。

我年轻的时候不是想当电影导演嘛，所以有一阵子，我参与了很多文化领域的项目。我是很愿意支持你这样的年轻人写小说的。小说又不会曝光真名,不是吗?所以我也不至于有什么心理负担。

在某种程度上以我父亲为原型的人物?行啊,我是不介意的。不过是个虚构的角色罢了,事到如今也不会给任何人添麻烦的。

其实我觉得朝比奈女士是个很有意思的题材。如果回头顺利出版了,请务必让我拜读一下。嗯,哪怕是同人志也行。

好,那就从我父亲和朝比奈女士的相遇开始吧?

稍等一下。我提前列了一张简易年表……说年表可能有点夸张了,反正就是份备忘录吧。知道确切的年份,写起来不是会比较方便嘛。哦,行啊。内容真的很简单,你要是需要,回头给你一份复印件好了。

嗯……事情要从1957年说起,就是上一年度的经济白皮书提到的"战后已成过往"[1]红遍全国的时候。那一年,我父亲去大阪南区的一家寿喜烧餐厅应酬……没错,就是樱花。他就是在那家店邂逅了当服务员……确切地说是当陪酒小姐的朝比奈女士。

当时我父亲才46岁,却已经是濑川物产的总经理了。朝比奈女士24岁,是店里的头牌。当然,我并不是那段历史的亲历

---

[1] "战后已成过往"(もはや戦後ではない):出自日本1956年度《经济白皮书》的序文,意为"战后复兴的世代已经结束了,从今往后就是全新的时代"。

者,毕竟我那时还没出生呢。刚才说的这些,都是父亲去世后听他的亲信说的。

每个认识我父亲的人都说:"兵卫先生是个自由人。"他年纪轻轻就才华横溢,在商界呼风唤雨,但在大阪的北区和南区也是出了名的花花公子,慷慨大方。他总是有很多情人,听说还跟歌手、女演员之类的演艺圈人士好过。

不过跟朝比奈女士在一起以后,父亲就跟其他情人断了个干净,一心扑在她身上。父亲对她就是如此着迷。嗯,还给她开了家店。春川的大部分启动资金应该都是我父亲给的。

据说他们的关系一直持续到我父亲去世。父亲是60岁时走的。那是1971年,也就是世博会的第二年。所以他们在一起有14年之久。

是叫"海牛神"吧?听说在泡沫经济时期,朝比奈女士也提过她是按神谕投资的。我父亲认定她有种神秘的力量,常对周围的人说她旺夫,说她有神仙附体。

生意人往往喜欢算命,会有意识地做些有助于提升运势的事情。关西的生意人尤其吃这一套,常说自己的女人有旺夫运,多亏了她的助力才能出人头地什么的。我父亲就是个典型。他是个很虔诚的人,佛祖啊,上帝啊,什么都信。

他也确实是在跟朝比奈女士交往之后才升任董事长的。直到今天，除了创始人濑川弥左卫门，在 50 多岁能当上董事长的也就我父亲一个，确实很了不起。

不过旺夫这个事情可能得打个问号。我觉得大家搞反了因果关系。不是旺夫女帮男人混出了头，而是逮住了贵命男的女人成了大家口中的旺夫女。

不过嘛，对我父亲来说，朝比奈女士确实是个旺夫女。无论哪个是因哪个是果，他都无所谓吧。

啊？你问我？

对，我是 1960 年出生的，那年我父亲已经 49 岁了。连年龄跟我最接近的三哥都比我大了一轮还多，差了整整 14 岁。

哦……哈哈，果然要聊到那个传闻了。

不，没关系。刚才不是说了吗？我会把自己知道的一切都告诉你的。

嗯，我在户口本上是父亲的婚生子，是他的原配妻子所生。在法律层面也一样。但在生物学层面……就不是这么回事了。嗯，我是父亲跟别的女人生的。

因为我出生的时候，母亲并没有怀孕。而且大家都说，我是家里唯一长得不像妈的孩子，事实也确实如此。

1960 年 9 月，父亲以静养为由，在熊野的别墅待了一周左右，只带了一位得力的秘书。

后来，他就带着刚出生不久的我回来了，说"这是我们家的孩子"。母亲去办了手续，把我记在了她名下。肯定是父亲提前跟她通过气了。

母亲是那种特别传统的当家主母，娘家是明石的大商铺。说是娘家的生意出问题的时候，是濑川家伸出了援手，于是两家就结了亲。母亲从小就是规规矩矩的，嫁了人更是以夫为天，从来都没对父亲提过异议。

至于我真正的母亲，或者说生物学意义上的母亲……当时父亲唯一的情人就是朝比奈女士，所以十有八九就是她了。在我出生的半年前，她刚好请了长假，好一阵子没去樱花上班。

哦，你还采访过她的同事啊？那位同事也觉得她给我父亲生了个孩子？

看来是没错了……

其实我是见过她的，就在世博会那年。对，大阪世博会，1970年的。那时我9岁，上四年级。

还记得那天……应该是第一节课刚开始没多久吧，父亲居然把我接走了。对，来学校接的。他说，"爸爸带你去逛世博会"，还嘱咐我"要跟妈妈和哥哥们保密"。

我还挺惊讶的。因为以前从没有过这种事，我平时都没什么机会和父亲一起出门。那天他都没带司机，是他自己开的车，看得我直纳闷。但我毕竟还是个孩子，父亲瞒着家里的其他人带我出去玩，我心里还是很高兴的，有种享受了特殊待遇的感觉。最关键的是，我真的很想去世博会看看。

结果开到半路，父亲又接了一个女人上车，最后是三个人一起去的。嗯，那个人应该就是朝比奈女士。我还记得父亲管她叫"阿春"。

当年我还不知道父亲外头有人，连情人这个概念都没有，还以为来的是新雇的保姆，这趟是专门让她练手的。逛到半路，父亲说自己累了，找了个地方休息，有几个展馆是朝比奈女士带着我逛的，于是我就愈发认定她是保姆了。

我们家平时都是保姆和家教带孩子，母亲偶尔做做饭，来学校参加下运动会什么的，父亲是基本不管的。

世博会上让我印象最深刻的就是三菱未来馆了。那个展馆是朝比奈女士带我逛的。站上自动步道，就能看到全方位的屏幕上的各种影像。火山爆发啦，台风过境啦……她激动得直嚷嚷。嗯，我也玩得很开心。

哦，对了对了。从三菱未来馆出来的时候，朝比奈女士说了这么一句话："能不能叫我一声妈妈呀？叫一声就行。"

我也没多想，乖乖叫了一声"妈妈"。她紧紧搂住我，说了声"谢谢"，可能哭了吧。然后她还说："你要活得放肆一点，过自己想过的日子呀。"

过了很久很久，我才隐隐约约理解她那天的话和态度意味着什么。大概是上初中以后吧。

母亲对我的态度，和对哥哥们的态度确实不太一样。按理说，比哥哥姐姐小很多的老幺不都是最受宠的吗？可母亲对我总是冷冷淡淡的。

比方说……对了，快到母亲节的时候，小学的美工课不是都会让孩子们给母亲画一幅肖像吗？哥哥们画的都被装进了画框里，一直挂在墙上。但母亲好像不太喜欢我画的那幅。拿回家给她看的时候，她说："我看起来就跟外星人似的。"也难怪啊，和哥哥们相比，我的画技确实蹩脚，把母亲的脸涂成了黄绿色。我当然是没有恶意的。母亲把画放进盒子收起来了，从没挂出来过，我还挺难过的。

呵呵，都是些小时候的鸡毛蒜皮。但这种小事总是记得特别牢，不是吗？

哦，不过大部分时候，母亲对我还是很好的。考出好成绩的时候，她也会表扬我。开运动会的时候，她也会亲手做盒饭让我带去学校。但我还是能感觉到，她对我的态度和对哥哥们的态度不太一样。毕竟孩子对这种事情是很敏感的。

随着年龄的增长，我知道了父亲外头有人，于是怀疑起了和我一起去世博会的女人是不是他的情人。咦，她当时还说过那种话，难道……她才是我的亲生母亲？

但我产生这些疑问的时候，父亲已经不在人世了。母亲是真的很了不起，她一口咬定"你就是我的孩子"，愣是没说漏过一个字。我出生前后的事情都是当年那位秘书安排的，所以他肯定知情，但他不愧是父亲的左膀右臂，也是咬死了不松口，把秘密带进了坟墓。

不过母亲那段时间确实没怀孕，跟我们家走得近的人都知道我不是她亲生的。集团内部也是流言满天飞，哥哥们也老说我是"庶子"。

但没有确凿的证据证明我是朝比奈女士的儿子，毕竟也没验过DNA。秘书守口如瓶，所以也查不出当年接生的医生或产婆是谁。事到如今，已经死无对证了。

嗯，对，父亲是1971年去世的，就是世博会的第二年。

因为一场意外。

刚才不是说了吗？他经常一个人去爬山。出事那天，他去了大阪和和歌山交界处的犬鸣山天狗岳，那是修验道[1]僧人苦修的地方。嗯，秘书都没带。说是一个人修行容易激发出商业灵感。

---

[1] 融合了神道教、佛教、日本道教、自然崇拜、泛灵论萨满教等众多信仰元素的混合性宗教，崇尚苦修，曾在日本风靡一时。

当时他才刚过花甲之年。如今 60 岁左右大概还算中年，但那个年代过了 60 岁就是老人家了。毕竟是僧人苦修的地方，有几段路很不好走，大家都担心他一个人去会出事……但他非说自己不会去危险的地方，就跟郊游似的。临行前的体检结果也不错，主治医生都说他的身体跟三十几岁的人差不了多少，还能精力充沛地干上好些年，于是大家也就没再阻拦。

真没想到会出那种事……虽说身体再好，意外来了那也是挡不住的。

嗯，毕竟是商界名人嘛，媒体也做了些报道。说是在山顶附近脚下一滑，摔到了谷底……

眼看着天都黑了，他还没回家。不过他上山前也不会告诉家里人大概什么时候回来，下山以后去哪儿喝两杯，喝到深更半夜才回家的情况也是有的。现在还能打手机问问，可当年没有那种东西呀。

但第二天早上都不回来是从未有过的。等到凌晨三四点钟还不见人，家里就怀疑是不是出了什么事，集团的高管开了会，还报了警……当然，我一直在自己屋里睡着，这都是后来从父亲的亲信那儿听来的。

天都亮了，父亲还是没回来。于是第二天一早，搜救队就上了山……听说遗体是过午时分找到的，发现的时候人已经死了一整天了。这么算下来,其实大家开始担心的时候,他已经出事了。

由于发现得太晚,遗体的一部分被野狗之类的动物叼走了,所以无法还原出事的具体过程。不过从坠落的位置来看,应该是踩在石头上看风景的时候脚下打滑不慎跌落的。

其实……警方起初好像也考虑过他杀的可能性,他们怀疑是母亲干的。

因为出事前不久,父亲动了和母亲离婚的心思。

他还没跟母亲明确提过,只是跟亲信和律师讨论过离婚时的财产分割问题,于是消息就传到了母亲的耳朵里。

我不知道父亲为什么要离婚。据说是为了扶正朝比奈女士,但还没来得及透露具体的细节,他就出了事。

总之,警方认为我母亲是有动机的。无论是在感情层面,还是在实际利益……或者说身份地位的层面。因为一旦离婚,她就不再是濑川兵卫的妻子了。

但出事那天,母亲是有不在场证明的,也没有她买凶杀人的迹象,现场也没有找到任何指向他杀的证据,所以最后还是按意外事故处理了。母亲对父亲的感情一定很复杂,都熬了这么多年了,她肯定也不想离婚,但我不认为她下得了那样的狠手。那终究是一场意外吧。

父亲一死，濑川家和朝比奈女士就没了交集。

老实说，父亲走后，我在那个家也是越来越不自在……

倒也不是受了什么苛待，就是感觉母亲也不知道该如何把握她跟我的距离。不过嘛，青春期的男孩和母亲的距离感本就不太好把握吧。逐渐意识到自己不是母亲亲生的孩子以后，我愈发肯定她只是受情势所迫扮演母亲的角色而已，心里并不爱我。

而且我的学习成绩很好，初中上的是私立的重点学校，所以学习压力还挺大的。高三那年，我提出想去美国上大学……一方面也是为了逃避大学入学考试的压力吧。母亲听了以后像是松了口气，说"也许出国过自由自在的日子更适合你"。

于是我就去美国留学了。去了加利福尼亚。

刚去的时候，一切都很顺利，交了不少同样来自日本的留学生朋友。更关键的是，西海岸的氛围比较开放。这个"开放"当然是褒义的。我是1979年去的，当时越南战争已经结束了，嬉皮士运动也渐渐降温了，但还留有些许余热。不瞒你说，我留学的时候还抽过大麻呢，干过不少出格的事儿。反正都过去那么多年了，告诉你也无妨。

荒唐归荒唐，但好歹毕了业。母亲和亲戚们都劝我回日本，进濑川集团工作……我却坚持要留在美国。一方面也是因为喜欢电影吧。我心想，都大老远跑来加利福尼亚了，为什么不去好莱坞闯闯呢？

我想起了"放肆"这个词。很久以前和我一起去逛世博会，疑似我亲生母亲的那个人——就是朝比奈女士——让我活得放肆一点，过自己想过的日子。我几乎是抱着离家出走的心态，真想白手起家在美国闯出一片天地……

可我想得太简单了。为了挤进电影行业，我做过各种各样的尝试，但都没有成功。我还鬼迷心窍过一阵子，做起了当演员的美梦，最后当然也没混出什么名堂。到头来干得最久的一份工作，就是在摄影基地附近的餐馆洗盘子。

那边又没人知道什么濑川集团，我不过是个来路不明的东方人罢了。那段经历让我深刻认识到，自己一直都沾着家里的光。

也怪我没碰上好时候吧。20世纪80年代初，也就是我刚从大学毕业的时候，日本的工业产品开始席卷全球。随身听、录像机……日本车就更别提了。

看到美国到处都是卖日本车的经销商，看到大家一边跑步，一边用随身听听音乐，我作为日本人还是相当自豪的。我还小的时候，日本接连举办了东京奥运会和大阪世博会，大家都说日本跻身了发达国家的行列。而在美国看到的景象，让我觉得日本终于可以和美国平起平坐了。但也有很多美国人对此颇有微词。

所谓的"排日风潮"（Japan-bashing）就是这么来的。美国工人砸日本车的画面几乎家喻户晓,而那段时间我刚好就在美国。虽说那边本来就有点歧视亚洲人,但我能感觉到,他们对日本人的抵触情绪是一年强过一年……

说来惭愧,我没过几年就撑不住了,灰溜溜逃回了日本。

母亲热情欢迎我的归来。哥哥们倒是气坏了,说我区区一个庶子还如此任性妄为,理应断绝关系,扫地出门。多亏母亲居中调停,做通了他们的思想工作。她说,我有着和哥哥们完全不同的人生经历,肯定能对濑川集团有所助益。她还在集团里帮我谋了个职位,虽然那家公司比三巨头差远了。

颇有些慈母迎接浪子回乡的意思。

刚回日本的那天晚上,母亲为我做了些饭团,说"你肯定馋米饭了吧"。那饭团的滋味,跟小学办运动会的时候她让我带着的一模一样。

直到那一刻,我才反应过来,原来母亲还是很爱我的。

她并不是受情势所迫,不得不扮演母亲的角色,而是真的在努力爱我。

于是我就想,这也许就是朝比奈女士所说的"放肆"吧。为所欲为,撞了南墙,认识到了自己的极限,才会明白身边的一切是多么可贵——也许是我太多愁善感了吧。

从那时起,为了不辜负母亲的一片心意,我开始在工作中全力以赴。嗯,从80年代后期到90年代,濑川集团积极投资电影等文化产业,那都是我主导的。在我的要求下,集团也赞助了不少电影,还创办了濑川艺术奖和濑川博物馆。

虽然这些业务没法直接创收,但还是对提升濑川集团的形象做出了些许贡献的。母亲就不用说了,哥哥们对这一点也很认同。

当然啦,一方面也是因为当时的大环境比较好。

泡沫经济就是我刚回国的时候开始的。

我不是经济学家,所以不太了解泡沫经济是怎么来的。不过大家都说,起因是《广场协议》导致的日元升值和日本央行在那之后推行的货币宽松政策。我也很认同。

《广场协议》就是1985年9月五国集团在纽约广场饭店达成的协议……嗯,现在已经没有"五国集团"这个说法了吧。我记得是美国、日本、法国、英国和西德,五个西方发达国家。哈哈,"西方"这个词都好久没说过了。当年苏联还没解体,柏林墙也还没倒呢。

总之,五国政府因为这个《广场协议》开始联合干预汇率,引导日元对美元升值。

美其名曰是为了稳定美元这个世界基准货币的汇率,但实质上是美国强加给日本的、专为美国服务的协议。

因为日本产品卖得太好，当时美国人对日本非常反感，我在美国的时候也是亲身经历过的。那日本产品为什么卖得好呢？美国把矛头指向了汇率。当时一美元大概能换两百几十日元，日元确实处于低位。美国就是想扭转这种局面，拉高日本产品的价格，到时候销量自然而然就下来了。

明明是个日本单方面吃亏的协议，却顺顺利利谈拢了。当时的美国总统是罗纳德·里根。对了，你知道里根的竞选口号是什么吗？就是"Make America Great Again"（让美国再次伟大）[1]。呵呵，看来历史是真的会重演啊。

而当时的日本首相是中曾根康弘。尽管两国存在贸易摩擦，但两位首脑的关系好像还挺不错的，常在公开场合亲昵互称对方为"罗恩"（Ron）和"康弘"（Yasu）。

然而，看到日本轻易接受了这样的协议，我还是痛感日本终究是战败国，而美国终究是战胜国。越看越觉得日本跟美国的小弟似的，憋屈得很。而且我当年也是因为在那边美梦破灭才回国的，心里就更不好受了。

日元在《广场协议》签署的当天开始升值。一眨眼的工夫，汇率就变成了 1 美元兑 200 日元左右。这当然会对日本的出口业

---

1 这也是特朗普的竞选口号。

造成重创。那年年底，日本就陷入了日元升值导致的经济衰退。

为了应对这种局面，央行在1986年推行了宽松政策。

说得再具体些，就是分阶段调低了官方贴现率。"官方贴现率"这个术语也早就没人用了，指的是金融机构向央行借钱时的利率，说白了就是央行政策利率。现在这个利率无限接近于零，活期存款的利率甚至是负的，但当时的官方贴现率高达5%。

这就是所谓的紧缩状态，类似于拧紧了出钱的水龙头。而当时的央行就跟拧开了水龙头似的，实行了宽松政策，降低了官方贴现率，于是受压抑已久的资金开始流入市场。央行这么做是为了刺激经济。他们希望通过加快资金流动来刺激消费，抵消日元升值对经济造成的负面影响。

谁知事与愿违，流出的资金涌入了投资领域。受日元升值的影响，大家都觉得日本的股票和土地便宜，于是这两块吸收了大量的资金。而投资必然会引来更多的投资，日本的地价和股价一路飙升，泡沫经济就这么拉开了帷幕。

罗恩和康弘大概都没料到事情会发展到这一步吧。

不，我也不过是事后诸葛亮，都是听人说的。当年我根本不懂这些。只知道回国以后，大环境莫名其妙变好了，濑川集团兜里的钱也多出来了。我提的文化项目都顺顺利利批了下来，感激还来不及呢。

与此同时，朝比奈女士也受到了公众的关注。

在泡沫经济开始之前，就是我刚回国的时候，她把开在千日前的那家店改建成了一栋金碧辉煌的大楼，当时的讨论度就挺高的了。在泡沫经济时期，她又靠投资取得了巨大的成功，得了"北滨魔女"这个雅号，转眼间就成了时代的宠儿。我一眼就认出了她。

回国以后，我和母亲的关系缓和了很多。于是我便想，就按户籍上写的那样，当自己是父亲和母亲的孩子吧。但朝比奈女士说不定是我的亲生母亲啊，好奇是难免的。

公然接近她，可能会给母亲和集团添麻烦，所以我只能远远地看着，买几本介绍她的杂志看看，跟金融机构的人拐弯抹角地打听。

搞金融的人对"海牛神"那套是半信半疑，但好像都挺佩服她的，说她看得特别准。大家都很想跟她合作，因为她投资起来是以数十亿或数百亿为单位的，金额远超普通的个人投资者，可惜她只和一小撮特定的人有业务往来。对对对，就是那个春之会。春之会的成员我是一个都不认识，我也是看了杂志才知道有过这么一个组织。

嗯，投资的本金大概是我父亲的钱。

听说我父亲给她的钱加起来大概有个20亿。当然，那些钱都不走账，所以这个数字是他出事后用去向不明的金额粗略估算出来的。

但在泡沫经济时期，朝比奈女士的资产多达数千亿，搞不好有数万亿，就算最开始的20亿是我父亲给的，能让资产增长到那个地步也是很了不起的。

没想到最后竟会变成那样……

嗯，日本的泡沫经济只持续了4年左右。泡沫破灭的具体时间节点可谓众说纷纭，但股价是1990年就开始下跌了。尽管从经济指标之类的角度看，当时还算是泡沫经济时期。

我刚才也说了，我跟朝比奈女士没有直接的交集，也不知道她具体做了哪些投资。不过按她的投资规模，我能想象出她肯定亏了不少。

后来就出了那起自杀案。对，1991年7月。死的是东亚信用社的支行长，是姓真壁吧？听说是春之会的干事。为了填补朝比奈女士的损失，他竟伪造了足足4000亿日元的存单。当然，我也是看了媒体的报道才知道的。嗯，我不认识真壁先生。东亚信用社跟濑川集团应该也没有业务往来。

但大阪毕竟是个小地方啊。媒体的报道一出，连我都听到了一些流言蜚语。说那个真壁先生和朝比奈女士是情人关系，说朝比奈女士的春川要关门了，说警方就要抓人了……

于是我就去了一趟春川。从头到尾就去过那么一次。

说实话，我并没有"她是我的母亲"的意识，但总归还是有点好奇的。

那是1991年8月……11日。嗯，刚好是那起案件发生前不久。

当时春川已经决定要在8月底关门了，营业规模已经缩小了。那栋楼总共有五层，原本一到四层都是春川的店面，但当时只有一层还在营业。招牌都没亮灯，刚重建时亮得仿佛镀了金的大楼也显得格外灰暗。

所以我起初都怀疑它是不是已经关门了。但店里的灯还亮着，走进去一看，姑且还算是在营业。

一层只有吧台座。朝比奈女士刚好在，她见了我就说："欢迎光临。哟，是新面孔呀。"她笑得很爽朗，仿佛外面根本就没有那些风言风语。

她似乎没认出我。毕竟我长得跟小时候很不一样，还留了胡子，也没自报家门。我装成了一个碰巧进来的客人，假装对她的处境一无所知。

她很随意地跟我搭话。我们边喝边聊。我装出什么都不知道的样子，她却像说笑话似的主动提起自己投资时栽了跟头，这家店到月底就要关门了，还轻描淡写地说她"欠了一屁股债"，反倒把我搞蒙了。

于是我接着装作不认识她的样子,试着问了一句:"老板娘,你成家了吗?有孩子吗?"

她说:"没成家,一直单着。"然后又指着吧台深处的两个厨师说,"不过他俩就跟我的家人一样。"厨师是一老一少。她告诉我,决定要关门以后,她辞退了其他员工,现在里里外外都是他们三个在打理。

年长的厨师是春川开业的时候就在的,一直都是主厨。年轻的那个平时就住在店里,在她心里跟亲儿子也没差了。这家店是开不下去了,但以后时机成熟了,她想另找一个地方,跟他俩从头来过。

我觉得心里空落落的,因为她说得就好像我从来都没有在她的生命中出现过似的。不过我对她也差不多。见她精神头还不错,我也就放心了。嗯,她身边有人自杀了,大家都在传警方马上就要逮捕她了,照理说她肯定没那么从容不迫,但我当时确实松了口气。

没,我没有直接跟两个厨师说过话。年长的那个和朝比奈女士差不多大,有种老师傅的气质,年轻的那个身材偏瘦,乍一看都分不出是男是女。但朝比奈女士说他"跟亲儿子没差",那总归是男的吧。

啊,没错没错。那个年轻的厨师,就是杂志报道自杀案时,跟朝比奈女士一起被拍到的人。我也是回家以后才想起来的。

我在店里总共待了一小时左右吧。除了上面提到的,也没聊什么要紧的,我之前也说了,她好像是打算东山再起的,谁知没过几天就出了事……嗯,看新闻得知她因为杀人被捕时,我是真的吃了一惊。

我对那起案件的了解仅限于媒体的报道。听说被害者跟她没有任何交集,只是那天碰巧去了店里……所以我还琢磨过,万一再晚去几天,遭殃的会不会是我呢?

可我在店里遇到的那个人,实在不像是几天后就要行凶的样子。虽然,这只是和她聊了一个多小时后留下的印象……

啊?哦,行啊,你想问什么?尽管问吧。

咦……天哪,你怎么知道?我应该没提过吧?那你怎么会……

哦,原来是通过那件事……嗯,据说我这样的人常会出现那种情况。

这我就不清楚了。不过她说不定也跟我一样,毕竟我们有血缘关系。

07
宇佐原阳菜

抱歉，能喝口水吗？

说了这么久，有点渴……

对了，你看，这个杯子是东京奥运会的纪念品。瞧，这里印着"东京2020"。是去年圣诞节的时候在店里拿的。就是我打工的地方，刚才提过的那家红粉酒吧。不，不是客人送的，是老板发的，说是给姑娘们的圣诞礼物。还当是什么呢，就这么个破杯子，大伙儿都抱怨老板抠门。

没想到阴差阳错，它倒成了个稀罕的物件。因为奥运会延期了，说不定就不办了。无论最后办不办，今年——2020年都不会是奥运年了。

春姨就是在东京上次办奥运会那年开了属于自己的店。

她进了城，做了陪酒小姐，赚了大钱，自立门户……像爬楼梯那样过上了富足的生活。她告诉我，当时日本这个国家也是一天天富了起来。

战争刚结束的时候，日本还满目疮痍，但奥运会带动了高速公路和新干线的建设。6年后，大阪办了世博会。奥运会和世博会带来了大批的海外游客。为了不丢人现眼，政府也大力整治了市容市貌。大阪的地铁陆续开通了新的线路。普通老百姓也开上了小汽车，用上了家电。生活变得越来越方便了……

不知不觉中，日本跻身发达国家的行列，成了人们口中的经济大国。

可我还是想象不出来。

早在我出生的时候，高速公路和新干线就已经普及了。那时的日本就已经是发达国家了，也是全球名列前茅的经济体。在米吉多子民的营地，大人还拿这一点大做文章，说"日本特别堕落"。

我根本想象不出来，在春姨小的时候，这个国家还是遍地焦土。

嗯，虽然我知道日本是个富裕的国家，但从没有过"自己过得很富足"的意识。无论是在教团的时候，还是和男友私奔以后……

细想起来，还挺不可思议的。照理说，我小时候过的日子肯定比春姨的童年要好得多。嗯，撇开身在教团这一点不谈，我过得也肯定比她好。可我一点都不觉得自己是富足的。

说起奥运会……教团告诉我们，奥运会是恶魔的祭典。我上小学前信以为真，认定奥运会是非常可怕的东西。可奥运会其实是象征和平的体育盛会呀。

就是因为这个，我从没看过奥运会。在教团的时候不许看，和男友私奔又是2012年的奥运会刚结束的时候，然后下一届奥运会还没开始，我就进了监狱。监狱里有些时间段是可以看电视的，但不能看现场直播，最多只能通过新闻节目了解日本选手在哪些项目中取得了好成绩。

所以我本以为，今年的东京奥运会应该会是我第一次正经看奥运吧。当然只是看电视啦，但我用这个杯子喝果汁的时候总会冒出这个念头，没想到事情会变成这样。嗯……大阪世博会是2025年吧？天知道那边能不能顺利举办。

不过话说回来，在东京第二次举办奥运会之后，大阪也要办世博会了。想想还真有些50多年前的历史重演了的意思，这应该不是巧合吧？

人们总把"振兴日本"挂在嘴边。他们是不是想通过复刻日本最有活力的年代发生的事来实现这个目的啊？那岂不是意味着现在的日本没有活力吗？我觉得"有活力"的反义词应该是"病恹恹"吧，这是不是意味着现在的日本病了呢？

呵呵，不好意思，又跑题了。

嗯……说到春川开张了是吧？春姨告诉我，那家店开在"大阪正中间的千日前"。不过在狱中听她叙述的时候，我对千日前是个什么样的地方并没有概念。所以出狱以后，我就去实地看了看。

原来那真是大阪的正中间，紧挨着常在电视上看到的格力高招牌所在的那座桥。我是疫情前去的，街上人山人海，别提有多热闹了。

春川的旧址建了公寓。我是不懂房地产的，但在这么一个地方买地开店，肯定得花不少钱吧。

董事长给了春姨启动资金，刚开业时的周转资金也是他支援的——我没问具体有多少，但总归是数以亿计的吧。

董事长如此大力支持，不单单因为春姨是他的情人，更因为春姨给他生了个孩子。春姨说孩子是开店的4年前生的，所以应该是1960年的事情。

1959年底，春姨怀上了董事长的孩子。

她说她并不想要孩子，也做了措施，可还是怀上了。

说来惭愧，我都不知道做了措施也不是万无一失的。原来自以为使用得当，也是有可能失败的。

春姨说，她原本想把孩子打掉的。她并不想做母亲。

作为异性,她爱着有很多钱、活得放肆自由的董事长。他在床上也很自由……呵呵,我也没打听到底是怎么个自由法啦,反正春姨说,和董事长做爱特别爽。

但她一点都不想要孩子。董事长也一样,所以才做了措施。

春姨觉得很不公平。明明是男女双方你情我愿的行为,却只有女方不得不承担怀孕的风险。日本最常用的避孕方法是安全套,而安全套是男方戴的,照理说男方才该负更多的责任。至少没有理由只让女性背负怀孕这个足以改写人生轨迹的重大事件吧。细想起来,只有女性才会来月经,又是流血又是肚子疼的,这也很不公平。

我没怀过孕,但特别理解春姨的想法,觉得她说得很对。

我是那种来月经的时候反应比较大的体质,第二天巴不得一直躺着。可是和男友私奔同居以后,我根本休息不了,只能硬着头皮上班干家务。稍微表现出一点疲惫的样子,等待着我的就是男友的打骂。

而且我当时认定那都是自己的错,怪自己不中用。但根本就不是那样的,我明明没做错任何事。明明是他不好。他都没经历过,却一个劲儿地怪我。真要说起来,只有女人来月经本就很不公平。

我当然知道人的身体就是这样的,但不公平就是不公平。正是这种世界本身强加的不合理，让春姨倍感愤怒。

堕胎只会伤害女性的身体。但春姨认为，正因为存在这样的不公平，自由选择才是女性理所当然的权利。

董事长却坚决反对。他说，不能糟蹋了从天而降的新生命，堕胎跟杀人没什么两样。也许是因为崇拜自然吧，董事长给生命赋予了过多的浪漫和神秘。

董事长反复强调生命的可贵，搞得春姨很是恼火。因为在她看来，肚子里的孩子还只是自己身体的一部分。无论它有多珍贵，怎么处理都该是她的自由。

在乡下的婆家时，春姨为生不出孩子烦恼不已，现在却在为孩子的到来头疼。人生在世，真是处处身不由己。

春姨坚定地告诉董事长，她无意成为母亲。董事长便说，他会照顾好这个孩子。他甚至告诉春姨，他会说服妻子，把孩子接回家里，按婚生子登记。

他会跟店里打好招呼，保证能请长假，还说只要春姨按他说的办，她想在哪儿开店，自己都会全力支持。

最终，春姨决定把孩子生下来。权当这个孩子是从董事长兜里掏钱的手段，当它是一笔交易。

谁知生产的经历，给她带来了超乎想象的恐惧和悲伤。

据说春姨只跟孩子一起待了四天，以便喂初乳。这都是提前说好了的，春姨也没有异议。

她本无意成为母亲，所以孕吐也好，肚子越来越重也罢，还有乳房的胀痛，对她而言都只是负担，或者说为了拥有自己的店而付出的代价。她原本想的是，孩子一生下来就立刻交出去，但医生极力劝她喂初乳，说这样有利于孩子的健康，所以她才答应下来，权当这是交易的一部分。

谁知……

当她结束分娩，抱着初生的婴孩喂奶时，意想不到的事情发生了。"这是我的孩子"——这个念头自心底油然而生。春姨发现，自己竟想一直抱着他，守着他，抚养他长大。

那是爱。

春姨对孩子生出了真真切切的爱。临别时，滔天的失落和悲伤向她袭来，仿佛身体的一部分被人剜走了似的。据说春姨在众目睽睽之下号啕大哭了起来。

这是多么可怕。

因为春姨根本就不想变成这样啊。

她并不想成为母亲，生下这个孩子，也只是为自己谋利罢了。可她竟生出了那样的感觉。她觉得分娩的经历残暴地改变了她，在她心中植入了她并不想要的母性。

在世人眼里，生儿育女是一件可喜可贺而又神圣的事情。话是没错，毕竟不生孩子，人类就会走向灭亡。撇开大道理不谈，想要孩子的人还是很多的。得偿所愿当然是可喜可贺的好事。

但人世间也有不情愿的怀孕和生育。明明不想要，可只要条件合适，自己体内就会多出另一个生命。而你的身体也会被改造成更适合孕育这个生命的样子。连心都会被改写，让你爱上这个生命。对那些不情愿的人来说，这难道不是一件非常诡异的事情吗？

这正是让春姨感到愤怒的地方。她气的是这个世界的不合理，把不想要的不由分说地强加给我们的不合理。

然而，董事长并没有注意到春姨的愤怒。

不仅无知无觉，还时不时给她看孩子的照片，告诉她孩子在家里的情况，大概是可怜她吧。董事长想得很简单。他以为"不想成为母亲"是春姨嘴上说说，其实她还惦记着怀胎十月生下来的孩子。

春姨就是在那时生出了疑心。她怀疑自己本该放肆地活着，到头来却只是一味迎合了董事长的放肆。

不管怎么说，董事长还是信守了承诺。

春姨表示，一样要开店，那最好开在黄金地段。于是孩子出生后，董事长看准了千日前老字号旅馆转手的机会，以春姨的名义买了下来。春川就这么开张了。

但我之前也说了，董事长对餐厅的事情指手画脚。店面装潢也是的，春姨本想弄得艳丽华美一些，最后却按董事长的喜好，保留了旅馆的素雅韵味。从结果看，董事长的决策也许是正确的，但春姨付出了生孩子这么巨大的代价，却还是得忍气吞声，这让她非常痛苦。

不仅如此，董事长还有了让她难以接受的打算。

孩子出生约莫10年后，日本办了世博会。就是1970年的大阪世博会。

本来春姨是要跟董事长一起去的，谁知董事长带了个孩子。就是春姨生的孩子。

那个孩子快10岁了。他当然不知道春姨是自己的亲生母亲，把春姨当成了保姆。

春姨说，孩子挺乖巧的，看着也聪明。

尽管跟亲生孩子不期而遇，但春姨并没有产生很强的情绪波动，也不像刚生产时那样，有爱意涌上心头。

10年的时间着实不短。虽然董事长时不时跟她提起孩子的近况，但毕竟分开了那么多年，孩子又是在别家长大的，对她来说已经跟陌生人差不多了。至少春姨是这么想的。

她的母性已经随时间的推移消失殆尽了。她再一次痛感，自己并不适合做母亲。

在世博会的会场，春姨趁董事长不在，让孩子叫了她一声"妈妈"。她是想确认一下，自己对孩子是真的没有爱了。事实上，这声"妈妈"丝毫没有动摇她的心，也没有让她胸口一暖。

她确实觉得这个孩子很可爱，但这和"觉得街头巷尾的孩子很可爱"没什么两样。

能证实这一点就是莫大的收获。春姨心里痛快多了。于是她对孩子说，我会做自己想做的事，你也要随心所欲地活着。不一定是原话，大概就是这个意思。

然而从某种角度看，董事长的打算和春姨的意愿恰恰相反。

他想迎春姨进门，做自己的正妻。换句话说，他想跟原配离婚，再娶春姨为妻。

安排春姨跟孩子见面，似乎是为了激发她的母性，让她生出"想正式成为孩子的母亲"的念头。

董事长本就认为春姨是个特别的女人，因为她体内有"海牛神"。所以他才让春姨给自己生了孩子，还给春姨开了家店。

在孩子出生后的10年里，他步步高升，当上了集团的董事长。

是叫"旺夫女"吗？我都没听过这个词，据说它专门指代能提升另一半运势的女人。董事长坚信春姨能旺夫，想永远把她留在身边。

按春姨的说法，董事长的成功只是凑巧。"海牛神"是春姨的守护神，并不会扶董事长上位。

董事长本就是集团创始人的后代。春姨说，她不过是接近了一个有望出人头地的男人，而对方也真的混出了头，仅此而已。

但董事长是铁了心要娶春姨。

他向春姨保证："我不会让你吃一点苦头，店也可以接着开，而且我以后会给你更多的支持。"

站在妻子和其他家人的角度看，董事长的做法是很自私的。对春姨来说也不是什么好事。

春姨确实是爱董事长的，否则就算董事长送家店给她，她也不会给人家生孩子。要不是对董事长有情，早在董事长要求她生下孩子的时候，她就会结束这段关系，另找靠山，用别的方法实现开店的目标。

毫无疑问，董事长也是爱春姨的。

确实有人坚信，结婚就是两个相爱的人组成一个家庭生儿育女，是非常神圣的。

但春姨不这么想。在她看来，婚姻分明是一种打着爱情的旗号剥夺自由的制度。

真跟董事长结了婚，等待着她的就是被主宰的命运。到时候，她就无法报复这个不合理的世界了，只能怀着永远无法平息的怒火，眼睁睁看着董事长放肆地活着，为所欲为。

春姨做好了思想准备，心想这一回是说什么都不能再退让了。于是她告诉董事长，自己无意与他结婚。她好言相劝，说没必要给董事长的妻子和家人添麻烦。

问题是，董事长是个肆意任性的人，不然春姨当初也不会仰慕他了。只要他打定了主意，几匹马都拉不回来。

董事长甚至开始威胁春姨：你要是不乖乖听话，我就关了这家店。不，这不仅仅是威胁。董事长是真有这个本事。

董事长也想蛮不讲理地主宰春姨，和春姨的父亲、前夫半斤八两。唯一不同的是，春姨真的爱过他。

所以和请"海牛神"除掉家人那次相比，她心里难免会更纠结一些。

可一定要在爱和自由之间做出抉择的话，她会选自由。她决心放肆到底。

对，没错。春姨再一次向"海牛神"许愿。求您杀了董事长吧——

"海牛神"也再一次实现了春姨的愿望。董事长在爬山时脚底打滑，就那么摔死了。

春姨摆脱了董事长的控制，也没再见过那个孩子。嗯，春姨就是这么说的。

后来，她认识了东亚信用社的真壁三千雄先生——春姨叫他"小壁"——对，就是几年后伪造存单的那个人。春姨遇到了他，和他越走越近。

08
新藤紫

　　哦……是你？

　　噻……这算采访吧？都是你一个人在跑啊？

　　哦……嗯，就是觉得有点意外。看你的年纪，春姨出事的时候，你应该还是个孩子吧？是吧。所以……

　　你这样的年轻人，怎么会想到写一部以春姨为原型的小说呢……都过去这么多年了。

　　嗯，知道是知道，春姨死在监狱里了是吧？还记得是刚改年号那阵子。报上也登了篇"豆腐块"。

　　哦……懂了，原来是这样。也难怪啊，现在的年轻人都不知道泡沫是个什么东西。听说春姨这样的女人赚了几千亿，肯定会很感兴趣的。哦,不,没关系。我[1]才不好意思呢,反过来问这问那。

嗯,春姨出事以后,我就搬来了东京。虽然中间也有很多波折,但好歹开了这么家店,已经快……快20年了吧。

我也不是一开始就想开这种店的,这就叫物以类聚吧。常客里有不少我这样的人。对,性少数群体,就是大家常说的LGBT[2]。女同特别多。渐渐地,这家店就演变成了同道中人才知道的女同酒吧。日子一天天过去,我也上了年纪,一个人忙里忙外实在吃力,于是就雇了几个兼职打工的……磕磕碰碰走到了今天。

唉,疫情的影响太大了。今年四五月的时候,店就没开过几次门。是叫"紧急事态宣言"吧?那玩意儿解除以后,店总算是开起来了。但东京都政府还是要求店家缩短营业时间不是嘛。

其实吧,不管政府有没有要求,客人都少了很多。毕竟上头指名道姓地说"夜场容易传播病毒",夜店的生意一时半刻怕是不会有起色了。在过去的几个月里,这一带倒了好几家店呢。悄悄告诉你,还有店老板自杀了呢。

---

[1] 原文用的是男性自称"俺"。
[2] 女同性恋者(lesbians)、男同性恋者(gays)、双性恋者(bisexuals)与跨性别者(transgender)的英文首字母缩写。

说实话，去年的这个时候，谁能料到事情会发展成这样呢？别说去年了，听说中国流行起了新冠肺炎的时候，还有那艘游轮……嗯……哦，对，钻石公主号。还记得 2 月的时候，那艘船靠了岸但不让下客，闹得满城风雨。反正那时大家还觉得事不关己呢。

在游轮的事情闹得沸沸扬扬的时候，那个自杀的店老板怕是做梦也没想到，自己会在短短半年后被逼上绝路吧。

我的日子也不好过，但会想办法坚持下去的。所幸手头还有些积蓄，而且也领到了补助。配合东京都政府的要求，缩短营业时间也能拿到一些补助。虽然杯水车薪，但总比什么都没有强吧。只要是能拿的，我都不会客气。

没别的事可做也是一方面的原因吧。而且我们这样的店也是一些人的栖身之地。要是哪天没了，他们也会很头疼的。我说的不光是客人，还有雇员。

我们店里雇的，都是些跟爸妈闹了矛盾离家出走的孩子。我也想多照顾照顾他们。不开门的那段时间，我也照常发了工资。万一以后撑不住了，真要关门了，我也会发一笔足够支撑一段时间的遣散费。

才不是呢，我可没那么伟大。因为春姨当年也是这么待我的呀。她收留了我，给了我一个容身之地，所以我也要这么对别人。善意大概就是这么一轮轮传递下去的吧。只可惜我没本事，没法像当年的春姨那样慷慨。

还记得当年，春姨召集了所有员工，深深鞠了一躬，说店要关了，然后给了大家一笔暂时不愁吃穿的遣散费。

她就是这么一个人……

哦，嗯，行啊。那就从头讲起吧，细细地讲。

嗯……我是 16 岁那年认识了春姨。所以……应该是 1985 年的夏天吧。就是 PL 学园的 KK 组合[1]在最后一次大赛上获胜的那个夏天。

嗯，我喜欢棒球。上小学的时候，我一直都在本地的少年棒球队打球，还是第四棒[2]呢。你想嘛，上小学的女生长得比男生高大也是常有的事。可惜上了初中，棒球队就不收女生了。

但我还是爱看职棒联赛和春夏两季的甲子园大赛。我特别崇拜 KK 组合，尤其是清原。所以离家出走的时候，我才去了大阪吧。因为 PL 学园是大阪的学校。

对，我也离家出走过。老家在埼玉，琦玉的浦和。其实我在大阪无亲无故，只想走得远远的，这才跳上了新干线。

被春姨收留，大概是去大阪的一个月后。当时我经历了很多

---

1 PL 学园是棒球名门，KK 组合指甲子园传奇人物桑田真澄、清原和博（两人姓氏首字母均为 K）。

2 第四棒一般都是队伍里的王牌选手。

事，身心千疮百孔，只能在黑门市场附近闲逛。当时都9月了吧，天气闷热潮湿，傍晚时分还下起了雨。我却没带伞。

一个人边走边哭。

走着走着，春姨就主动跟我搭话了，问我"怎么啦"。

春姨是来市场进货的。平时都是主厨白木师傅和其他厨师来，但那天春姨心血来潮，忽然想来市场瞧瞧。说巧合也行吧，但我觉得这就是命中注定的缘分。

我哭得直打嗝，答不上来。春姨便说："好好的小帅哥，哭成这样多可惜呀。"

我很惊讶，因为春姨竟然说我是"帅哥"。我确实打扮得像个假小子，但身材已经完全发育成了女人的模样，乍看是不会错认成男人的。

然后，春姨就带我回了春川。

春川在上一年的春天改建成了大楼。对对对，就是媒体介绍过的、案发时出现在电视上的那栋五层高的楼。

当时楼才刚建好，外墙金光闪闪的。应该是用了比较闪的涂料吧，但乍一看就跟真的用金砖砌的一样。装着玻璃墙的正门上挂着木牌，上面印着店名的汉字和拼音，"春川HARUKAWA"。进门就是中庭。内部装潢融合了日式和西式风格，就是大家现在常说的日式现代风吧，反正是既奢华又时髦。

春姨带我去了她自己住的顶层套房。房型是两室一厅……吧。有厨房、起居室、一间春姨当卧室用的小房间和一间装得下二三十个人的大厅。我从没见过什么顶层套房，看到屋顶上有人住的房子都吓了一跳呢。春姨还让白木师傅做了茶碗蒸蛋给我吃，那味道别提有多好了。

吃了茶碗蒸蛋，感觉整个人活过来以后，我才开口问道："刚才您为什么叫我帅哥？"结果春姨说："你不是男的嘛？身子是女的，但心是男的呀。"

听到这话，我就更惊讶了。因为那是我第一次通过话语理解了自己。"心是男的"——春姨用简简单单的几个字，解答了困扰我已久的问题，让我明白了自己究竟是怎么回事。

明明是刚遇见的，她却比我先看透了我的本质。

对哦，不好意思，应该先跟你解释一下的。

我出生时的生理性别为女，但性别认同为男。我没做过手术，所以身体还是女的。嗯，我在很久以前就拿到了性别认同障碍的诊断，这么说倒也没错……但就是对"障碍"这个说法有点抵触，因为我现在并没有因为这个产生什么困扰。

我是LGBT里的T，跨性别者。我称自己为FtoM[1]的跨性别

1　女跨男（female-to-male）。

男性。我的性取向，就是恋爱对象是女性。常有人误会，再加上这家店成了大家口中的女同酒吧，所以就更容易被误会了，但我和女同还是有点区别的。因为我有男人的心，喜欢女人，所以是直的。

挺复杂的是吧。而且搞这些复杂的定义和分类只是图个方便，不完全符合这些框框架架的人还挺多的。置身这个世界，见过形形色色的人，你就会意识到性别和性取向并不是可以明确划分成非男即女的东西，它们其实是梯度渐变的，纷繁多样的。

最近我们这样的少数群体渐渐为人所知了，市面上也有很多通俗易懂的讲解读本。可是30多年前，连LGBT这个说法都还没出现呢。我这样的当事人都是云里雾里，摸不着头脑。

可活在那个年代的春姨不仅看透了我的本质，还不嫌我恶心，耐心听我说话。你不觉得她很厉害吗？

哦……那倒也未必。我离家出走跟这个也不是完全没关系啦，但就算我不是跨性别者，大概也是要出走的吧。毕竟出了那种破事。

没事的，告诉你好了。我都放下了，也跟店里的员工和熟客提过。

我从小就觉得不自在，几乎是刚记事就有了别扭的感觉。因为我不爱穿裙子这种女孩子气的衣服。比起过家家，我也更喜欢打棒球。

我妈可能是希望我表现得更像个女孩子吧。她都不乐意我进少年棒球队，平时净给我买裙子，而且还是带荷叶边的那种裙子。

说这是压迫吧，倒也没错，但我妈应该是没有恶意的。她大概只是跟寻常的母亲一样，想让女儿长成女孩子该有的样子。我也自然而然地认定，我是女的，所以举手投足就该有女人的样子。所以我偶尔也会穿裙子去上学，但感觉别扭得很。

可是渐渐地，我就没法再糊弄自己了。

大概是小学高年级到刚上初中的那段时间吧，我来了月经，胸部也开始发育了。自己的身体越来越有女人的样子了，我却觉得别扭得要命。

但强迫我当女人的压力是越来越大了。好比初中的棒球队是不收女生的，裙子也没法只是偶尔穿了，因为女生的校服就是裙子。

我努力说服自己，日子就得这么过下去，可是穿成女生的样子和女同学们在一起时，我还是会坐立不安，很不自在，觉得自己格格不入。

而且我还喜欢上了初中的女老师，教国语的。哎呀，就是段幼稚的初恋啦。起初我还给自己洗脑，想把那种感觉定义成对成熟女人的憧憬。可我自己也知道，我并不想成为老师那样的人。我只是呆呆地想着她，还会想象她的裸体。久而久之，晚上睡觉之前在被窝里想象老师勾人的模样成了每天的例行公事。

我当时还未经世故，所以对自己产生这么下流的念头心怀愧疚。也许那个时候，我已经逐渐意识到了身体的性别和心理的性别并不一致，但又无法在意识的层面明确承认这一点。那段时间我非常烦恼，成天怀疑自己是个变态。

哪怕到了这个地步，我还是勉强糊弄着自己，假装自己是个女孩。那个时候，我的梦想就是穿成自己喜欢的样子。我想穿裤子，而不是裙子。多无聊啊。我想着长大以后要搬出去自己住，剪短发，每天穿T恤牛仔裤。我甚至想象过加入高中的棒球队，杀进甲子园，那个女老师也来场边加油，我还击出了本垒打……

但后来发生的一切让我意识到，自己终究是个女人，怎么挣扎都是徒劳……

我被强暴了。

在闹市区开着这样的酒吧，总能听到类似的故事，无关性别和性取向。

强暴我的，是我妈的男朋友。上五年级的时候，我亲爹就死了。过了一阵子，我妈为了养家糊口找了家小酒馆上班……然后就跟在那儿认识的一个男的好上了。

应该是我初三那年吧。一天半夜里，我妈喝醉了，是他送回来的，那是我们第一次见面。他跟我打了声招呼，说"我是你妈妈的男朋友"。态度挺和善，眼角耷拉着，看着慈眉善目的。第一印象确实很重要啊，我当时还觉得他是个好人呢。

其实吧，我也不反对我妈谈恋爱，还挺支持的。哪怕她改嫁，我也觉得那人挺适合她。

我妈对他也是死心塌地。后来他就时不时来我们家做客了。我也没看穿他的真面目，还挺亲他的。

然后他就看准了我妈不在的时候，突然动了手。就在我刚上高中那年的春天。

不，其实也算不上突然……来我家的时候，他总是看我的腿和胸部，我早就发现了。不是死盯着，而是动不动就瞄一眼。见我注意到了，他就会把目光移开。但我总是告诉自己，别放在心上。

也许是不想把妈妈的男朋友想得太坏吧。而且我当时还以为，他会在不远的未来变成我爸呢。

事到如今，也不知道是有意还是无意了。总之，我坚信他没有坏心思，也没有用下流的眼神看我。

只怪我太天真了。我应该更警惕一些的，不该和那家伙单独在家……哈哈，据说性犯罪受害者常会这样自责。错的明明是他。

其实我都能心平气和地跟人叙述这件事，早就走出来了。但只要那些糟糕的记忆还在，我就永远都无法真正释怀吧。也许再过几十年，等我老糊涂了，什么都忘了，才算是真正放下了吧。

总之，他在那天强暴了我，还拍了照。他威胁我说，我要是敢说出去，他就把照片拿给我妈看，还要去我们学校宣扬。从那以后，他专挑我妈不在的时候来我家作践我。他还笑着说："你们母女俩都是我的奴隶。"

我总算认清了他的真面目。他表面上和蔼可亲，里子却烂透了。平时也没个正经工作，全靠我妈养活。他肯定是钻了我妈心头的空子。

恶心吧？但这种事多了去了。这边到处都是跟我有过类似遭遇的人。

我觉得性暴力带来的精神伤害是没有轻重之分的，所以我也不会说自己比其他受害者惨。

不过对我来说，作为女人被侵犯这件事摧毁了我最重要的部分。这让我非常痛苦，也非常恶心，但更多的是恐惧。就好像我不再是我了，被他变成了别的什么东西。

所以我逃了。我太害怕了，怕得不敢反抗，也不敢找任何人商量。逃得远远的，就已经是我的极限了。

要逃到很远很远的地方，逃到他追不到的地方。我偷拿了家里的钱，坐上了新干线。

谁知……

我来了大阪，却又无处可去。你猜我干了什么？在戎桥一筹莫展的时候，有个男的主动跟我搭话，我就跟他走了。他说："你是离家出走的吧？要不要来我家？"我都不记得他长什么样了，总之是个流里流气的大叔。去了他家会遭遇什么是明摆着的，但我无所谓了。反正都被糟蹋过那么多次了。

挺矛盾的是不是？去大阪是因为不想眼睁睁看着自己重要的部分被毁掉，可到了大阪以后，我却要亲手毁掉它。大概我那个时候已经自暴自弃了吧。

于是我就在那个大叔一个人住的小公寓里待了一阵子，像只被圈养的牲口。他好像是在加油站工作的吧，大部分时间还挺好的，表面上和颜悦色的。但每晚都搞得我又痛又恶心，感觉糟透了。对了，那场甲子园的决赛——PL学园和宇部商业的决赛就是在他家看的。还记得看到清原击出本垒打的时候，我恍恍惚惚地想，如果有下辈子，真想当那样的男人啊。

但这样的生活只持续了一个月不到。不知是他厌倦了我，还是怕收留一个小孩年纪的女人会惹上麻烦，某天他突然给了我一些钱，让我"拿了走人"。

于是我又去戎桥附近瞎转，被另一个男人搭话了。他没让我在家里住下，只让我待了一个晚上。当然，他也要睡我。第二天，我又用同样的方式住进了另一个男人的家……

听说最近有个新词叫"等神"，指的就是离家出走的女孩找收留自己的男人。其实这种现象早就有了。哪门子的神会别有用心地收留未成年人啊？笑死人了。

我前前后后换了四五个地方吧……一想到下半辈子就要这么过下去，我就难过得不行，可说什么都不想回家，真想死了一了百了。想着想着，眼泪就掉下来了。

就在这个节骨眼上，我遇到了春姨。

听完我的叙述，春姨问我愿不愿意当住店员工。

我也没别的去处呀。

于是我就成了春川的实习厨师。

我从没做过饭，但春姨不介意，说餐厅刚装修好，生意很忙，能多个人手总是好的。但这话不过是哄哄我罢了。

是春姨拉了我一把。很久以后，她说她对我有种同病相怜的感觉。嗯，她当然不是性少数群体啦，但她年轻的时候……应该说她还是个孩子的时候，也有过和我一样的经历。她告诉我，她也受到了来自父亲的性暴力。嗯，她也被强暴过。所以她很理解我受了多大的伤害。这大概就是她向我伸出援手的原因吧。

后来，春姨还跟我家里打了招呼，找我妈谈了谈。毕竟我当时还没成年嘛。我也不知道谈了些什么，也许春姨给了她一些钱吧。反正谈完之后，我妈就没再联系过我。我既不想回去，也懒得联系她，就这么跟家里断绝了关系。

我妈是前年走的。我在葬礼上见到了阔别30多年的她，尽管她的身子都凉透了。

据说我离家出走以后，她就跟那家伙分手了。趁她活着的时候回去一次就好了，可事到如今，说什么都迟了。

在春川学艺的日子是很辛苦，但我一点都不抵触。

白木师傅和其他前辈都是很直爽的人。他们没拿我当娇弱的小姑娘，成天大呼小叫的，我反而觉得很舒服。我不敢说自己有什么天赋，但后厨的工作好像还挺适合我的。白木师傅也说："听说店里雇了个没经验的孩子，我起初还捏了把汗呢。没想到你学得还挺快，不错。"每次学会新东西，白木师傅都会夸我，说"你比我更有天赋"。当然啦，人家也就是说说而已。

好像是哦，听说白木师傅刚入行的时候学东西特别慢，吃了不少苦头。还记得他苦笑着告诉我，他现在还是不太擅长挑选食材，幸好当了主厨就不用亲自出马了。

亏你知道得这么清楚。

哦，原来是在春川工作过的人告诉你的啊。

是谁啊？我认识吗？高田女士？哦，是那个小峰吧？

不，我没见过她。因为春姨收留我的时候，她已经不在店里了。但和春姨聊天的时候，她常会提到这个名字，说小峰是她亲戚家的女儿，当年两个人是一起来的大阪，但小峰后来被个来路不明的男人骗走了，春姨还挺担心的。哦，她还健在呀。

啊……嗯，对。我不是住店员工嘛，所以平时就住在春川的那栋楼里。五层是不开放的，只有办公室和储物间。春姨腾了个闲置的储物间给我用，约莫八帖吧。房间里没有放东西的地方，但春姨给我弄了个五斗橱，后来还装了电视什么的，一个人住着倒也没什么不方便的。春姨有时会喊我去顶层套房陪她聊聊天，还会一起看个电视吃个饭。

后来，春姨对我说："你完全可以对自己的身体更放肆一点呀。"

言外之意，虽然我生在了一具女人的身体里，但这并不意味着我必须服从身体，以女人的身份活下去。人们总把"自然摄理"[1]挂在嘴边，但春姨告诉我，自己的心比那些重要得多。人就该顺从自己的心，反抗自然。正因此，人类社会和人类文明才会如此发达。

呵呵，多厉害呀。我可从没有过这样的想法，甚至为自己身为

---

1 自然摄理（自然の摄理）：指支配万物运行的自然规律，常常有宗教信仰或宿命论的色彩。

女人却不能表现得像个女人而内疚。可春姨告诉我，以男人的身份活下去也是可以的。天知道她的这番话给了我多大的勇气……

嗯，我觉得春姨所谓的"放肆"跟"自由"是差不多的意思吧。

在泡沫经济时期……哦，我刚进春川，泡沫就起来了。春姨之所以在那段时间通过投资疯狂赚钱，就是为了自由自在地活着吧。

春姨自己也常说，钱永远不嫌多，越多就越能做自己喜欢的事，越能放肆地活着。大概就是这么个意思。

其实吧，我也不太清楚春姨具体是怎么投资的，对春之会……嗯，就是那群和春姨有资金往来的人，我对他们也几乎一无所知。因为春姨从来不跟员工提这些事。

嗯，对，我知道他们都在拜一个叫"海牛神"的神仙。

我住进春川以后没多久，春姨就带我去了顶层套房的大厅，给我看神龛和里面的纯金"海牛神"雕像。据说那是春姨的守护神。

春姨没让我信，也没让我拜，所以我也没多想，只觉得她信的神可真奇怪。但春之会的人拜得特别起劲。春姨的投资确实很成功，搞不好真是那神仙显灵了呢。

连我这个旁观者都能看出来，春姨的投资确实是顺风顺水。

春之会的人每天都嚷嚷今天涨了多少，赚了多少。而且那时的春姨是真的阔气，她买了很多大钻戒，全身都是名牌服饰。

她建得出那种金碧辉煌的大楼，可见本来就喜欢华美艳丽的东西。想要什么从来都不会忍着。可我在一旁看着吧，竟一点都不反感，反而还觉得特别痛快。

可能是因为她出手大方吧。她不仅为自己挥金如土，还使劲给身边的人发钱。是啊，我们这些春川的员工都能时不时领到"红包"呢，就是春姨发的临时奖金。

我也拿了不少。哦，对了，我用春姨发的奖金买了套阿玛尼西装。扔是应该没扔，但不知道放哪儿去了……

当然是男式西装啦，灰色的双排扣西装。呵呵，是有垫肩的款式，穿在我身上感觉松松垮垮的，但我就喜欢那种宽松感。现在穿成那样大概会很土吧，放在当时可是最 in 的。哈哈，你都不知道"in"是什么意思吧？

啊？哦，是吗，你知道"in"是什么意思？网上看的？嚯……是真的，当时它还是褒义词，还没变成段子，就跟现在的"潮""酷"差不多。

春姨大概是想把放肆……也就是自由分给大家吧。

钱当然也不是万能的，但有钱比没钱自由得多呀。因为疫情的冲击，这家店正徘徊在生死的边缘，如今我对这一点是深有体会。

泡沫经济时期最繁荣的肯定是东京，但大阪也不差。房产公司的数量暴增，一栋栋新大楼在梅田周边拔地而起。关西国际机场和临空新城的建设计划也是那段时间提出来的。城市肯定也是有了钱才能发展得更好嘛。

穿着带垫肩的最 in 阿玛尼走在御堂筋的街头时，我觉得自己自由得不得了，简直天下无敌。都好些年没有过那种感觉了，大概这辈子都不会再有了吧。

话说有一次……是什么时候来着？反正是泡沫最厉害那阵子，我和春姨一起看电视的时候，碰巧看见有个不知道是作家还是电影导演的老头在节目里说："战后社会用精神层面的富足换来了经济层面的富足，想当年大家都很穷的时候，我们的心才是更富足的。"春姨嗤之以鼻，说这种人要么是从小到大都衣食无忧，不知人间疾苦，要么就是老糊涂了，把穷日子忘了个干净。

啊？哦，你说真壁先生？东亚信用社的那个？我当然认识啦。

我刚进春川的时候，他就已经是店里的常客了，和春姨走得也很近。听说他是本地信用社的人，改建春川时的贷款就是他负责的。春之会也是他创办的吧。不过我对内情一无所知，做梦也没想到他会在春川的楼里伪造存单，而且用的就是我边上那间屋子。

没错。真壁先生用来伪造存单的小房间就在我的房间对面。

我当时也觉得有点奇怪,他都不是餐厅的员工,怎么会有专用的房间呢……

哈哈,八卦杂志上有很多这方面的报道,说什么真壁先生诈骗是被春姨蛊惑了,还说春之会的成员全都是春姨的情人。

春姨和真壁先生确实有一腿,应该说他们是男女朋友的关系吧。而且和春姨好过的也不光真壁先生一个,春之会的好几个成员都跟她睡过。我好几次撞见春之会的人和春姨一起走进顶层套房,她也一点都不避讳,还主动告诉我,"春之会的人都跟我的男朋友似的"。

嗯,当年的春姨比我现在的年纪还大,外人确实会觉得她如狼似虎。但我不觉得她下流,也不嫌她脏。

春姨说:"反正我是绝对不会怀孕了,可以毫无顾忌地快活。"听着好酷啊。

之前也说了,我是不懂投资的,对真壁先生做的事情也一无所知,你问了也是白问。

嗯,对。1990年,就是大阪办那个什么……国际花与绿博览会是吧?股价就是那年开始下跌的。

新闻节目也常说,股市明明在前一年的年底创下了历史新高,可过完年就一点点跌下去了。我和其他员工都知道春姨靠股票赚了大钱,所以就琢磨起来:股票跌了,她会不会亏很多啊?

155

我完全不懂投资的机制，但还是挺担心的。

但开博览会的时候，整座城市还是很有活力的，春姨也很乐观，说"股票很快就会涨回去了，大伙儿都不用担心"。

所以我也没当回事，还以为股市就是这样起起伏伏的。

谁知到了年底，公司倒闭的消息就多了起来。转年好像又打了仗……对，1991年的海湾战争。那场战争可能和日本经济没有太直接的关系吧，但全世界都变得动荡了。

渐渐地，春之会的人就不怎么来店里了。即便来了，也都沉着个脸。春姨还是让大家别担心，说"不要紧的"，但连我们这些员工都感觉到了大事不妙的氛围。

当时有不少同事担心餐厅突然倒闭了怎么办。但资格最老的白木师傅说："真到了那个地步，老板娘也不会亏待我们的，别瞎操心，专心干活就是了。"多亏他稳住员工的情绪，店里才没出什么大乱子。他毕竟是春川开业时就在的老员工，说话还是很有分量的，而且春姨不光照顾我一个，她对每个人都很好，所以大家才这么信任她吧。

至于真壁先生是什么时候开始泡在那间屋子里的……我记不太清了，应该是1991年初春吧。我不知道他在做什么，只觉得他开朗得过分，反而让人瘆得慌。

我只跟他打过几次招呼，并不了解他的为人，但看得出来他对春姨确实是一往情深。每次来店里见到春姨，他都眉开眼笑的。春姨也很疼他，三句话不离"小壁"，在事业上也很仰仗他。和春之会的人谈事情的时候，她也常说"这事儿就交给小壁了"。

他们在公开场合和私底下都走得很近——但这么说其实是不太合适的，因为我听说真壁先生是有妻室的人。不过在我这个旁人看来，他们确实很亲密……

嗯，他自杀了。应该是7月吧。

早在几个月前，店里就常有凶神恶煞的人来，一看就是道上混的……后来我才知道，春姨开始找黑帮开的幌子公司贷款，要知道她以前从来不找银行之外的金融机构。春之会也是在那个时候解散的，除了真壁先生，其他成员都不来了。

春姨风生水起的时候，他们使劲拍马屁，可风向一变就跟退潮似的没了踪影，真是薄情寡义。不过嘛，像真壁先生那样铤而走险，最后还走上绝路，那肯定也不好。

没过多久，就有八卦杂志说真壁先生涉嫌伪造存单。

啊？你找到那篇报道了？哈哈，没错，跟春姨一起被拍到的那个就是我。我应该变得不多吧。

怎么说呢？看着还挺怀念的……没错，就是《大河特讯》。现在这种照片都会打上马赛克的，要么就是眼睛那儿加条黑线，但当年还不太讲究肖像权，没征得我们同意就拍照刊登了，真烦人。

但当时已经顾不上这些了。对我们这些员工来说，这篇报道简直是晴天霹雳。大家根本不知道店里发生过这种事，哪还能安心工作呢？还有人提出让春姨出来给个说法。

我也不想给春姨施压，只是想搞清楚到底发生了什么。

后来，就像我之前告诉你的那样，春姨召集了所有人，说一个月后就要关门了，员工一律辞退，但遣散费管够，保证大家暂时衣食无忧。

大家最担心的就是店突然倒了，却得不到任何补偿，所以很多人都松了一口气。

我却有点接受不了，觉得太突然了。毕竟我对春姨是有感情的。

我不想走，求春姨让我留下帮忙。春姨却很坚决，说"这样安排最好"。

她还告诉我，等风头过去了，她是一定要从头来过的，到时候也一定会找我和白木师傅，让我们耐心等她。白木师傅也劝我"相信老板娘，等她东山再起"，所以我最后也同意关店。

其他同事8月初就走了，但我毕竟是住店的，就跟白木师傅站了最后一班岗，原计划干到8月31日，就是餐厅正式关门那天。

那篇报道一出，客人就少了很多，餐厅只有一层开着，靠我们三个倒也忙得过来。

当时春姨还说："下次开家小巧温馨的也不错呢。"

谁知春川没能太太平平开到最后一天。东山再起也成了一纸空谈。

因为出了那起案子，春姨被捕了……

还记得出事那天——8月15日早上，我在五楼的房间里。当时大概是早上六七点吧。因为店都是傍晚开门的，我还没起床。

睡着睡着，门外传来了嘈杂的人声和响动。我还纳闷一大早的是谁在闹腾呢，结果出门一看，走廊里居然站着好几个杀气腾腾的警察。他们见了我也是一脸惊讶，问"你是谁"。我心想："我还想问你们是哪儿冒出来的呢？"

然后他们告诉我，春姨前一天半夜带了个客人回顶层套房，还把人给杀了。我都惊呆了。

那个被害者……对，姓铃木。据说他是前一天晚上打烊以后，快12点的时候来的。春川从8月初开始缩短了营业时间，过了11点就关门了。所以白木师傅已经回家了，我也回了自己的房间。

春姨出门透气的时候碰巧遇见了那个人，说餐厅已经打烊了，但可以请他上顶楼坐坐。

当时我在自己屋里，根本没注意到顶层套房来了客人，也不明白春姨为什么要带一个陌生人回自己的住处。

后来警方安排了一位刑警盯着我，还拉我去五层的办公室问了话。

还记得他们问我知不知道被害者的身份，还打听了一下自杀的真壁先生和春之会的情况。我知道的都照实说了。再说了，我也不知道什么值得撒谎隐瞒的内情。

我还好奇那位铃木先生是什么来头呢。

嗯，至少不是店里的常客，跟春之会也没关系。

听说春姨跟警方交代的作案经过是，她让那个人在顶层套房的客厅歇着，假装准备酒水，然后拿起厨房里的菜刀，从背后捅死了他。说是那个"海牛神"让她杀的。

法院审理春姨的那几天，我本想去旁听的，可竞争太激烈了，到头来也没抽中。我自己也被警察和检察官叫去作过证，但没有出庭。

啊？庭审记录是可以查阅的啊？我还真不知道。不过……嗯，都过去这么多年了，我也懒得查了。大致的看媒体的报道就行了，最要紧的春姨也不在人世了。

嗯，所以我最后一次见到春姨，就是她被警察带走的时候。她是笑着走的，那表情仿佛是在对我说："不要紧的，别担心……"

我觉得她肯定是有苦衷的。她之所以杀那个人,不是因为神谕,而是有什么难言之隐。

不,我不怨她没有实现东山再起的诺言。她帮了我那么多,我心里只有感激。当年要不是她,我早就客死异乡了。也是多亏了她,我才能磕磕碰碰走到今天。

我眼里的春姨绝不是媒体在案发后刻画出来的魔女,更不是什么蛇蝎恶女。她大方又善良,是我的恩人。

09
宇佐原阳菜

对，没错，是大阪世博会的第二年。所以春姨求"海牛神"除掉董事长是 1971 年的事情。

春姨说她很后悔。不是后悔杀了董事长，而是后悔没早点杀了他。

董事长给春姨留下了一家餐厅，还有用作餐厅运营资金的巨额现金。

其实这些东西原本就是属于春姨的，但又不完全属于她，干什么都得先征得董事长的同意。董事长一直对餐厅的经营和资金的用途指手画脚。没了他，一切就都是春姨说了算了。

那是春姨第一次感觉到，她靠自己在这个世界站稳了脚跟。

与此同时，她也深刻认识到了自己这些年一直都处于董事长的掌控与制约之下。所以她很后悔，心想早知如此，就该早些解放自己。

春姨并不觉得除掉董事长有什么不对。

错的是这个不公平的世界。也许董事长确实很有才干，但他的出生和成长环境都比春姨好太多了。他从一开始就活得很放肆，放肆得让春姨羡慕，而且还妄图主宰春姨。春姨甚至觉得，他是自作自受。

春姨就这样摆脱了董事长的束缚。谁知70年代初期到中期，石油危机席卷全球，经济形势急转直下。

听说那时中东爆发了战争，石油价格飙升，物价也随之暴涨。我都不知道还有过那种事。嗯，我完全不知道。

那时谣言四起，说什么没有石油就没法生产厕纸了，于是出现了抢购狂潮。疫情期间也出过类似的事情，不是吗？也许人就是不长记性的。

董事长在世时频频插手餐厅的经营管理，但建议本身还是挺精准的，给钱也很大方，所以春姨可以安安心心地开店，不必为销售额的增减变喜变忧。

但董事长已经不在了，春姨不得不靠自己顶住石油危机带来的经济衰退。

不过春姨说，她还巴不得呢。

她说，虽然餐厅随时都可能倒闭，但自己动脑筋经营，比听命于董事长快活多了。

都说做得开心的事情不一定会取得成功，春姨却平安渡过了难关，石油危机期间愣是没亏损过一次。之后也是稳扎稳打，餐厅一直都处于盈利状态。

在没有任何人指手画脚的情况下，春姨靠自己的双手赚到了钱。在这个过程中，她能感觉到从小就在心中翻滚的愤怒正在逐渐消退。

与此同时，她也意识到世界正在发生翻天覆地的变化。

春姨是这么跟我解释的：说得极端点，这一时期之前的每一个日本人都怀揣着同样的欲望，那就是"从战败的谷底爬上来"。不挨饿所需的食物、安全又温暖的住处、高速公路和新干线……战后20年里多出来的这些，是大多数人都想要的东西。

但在石油危机前后，情况出现了明显的转变。

也许是因为这个国家好歹办成了奥运会和世博会，大家共通的大欲望已经实现了吧，个人实现各自小欲望的时代到来了。春姨说，饿着肚子的人只要能吃饱就心满意足了，根本无所谓吃的是什么，但不必担心挨饿的人会根据当天的心情和喜好做选择，这是非常自然的。

于是世上的东西就越来越多了。因为衣食住行的方方面面都需要多样化，这样才能迎合人们的口味，满足各不相同的欲望。不光东西变多了，工作也变多了。便利店、卡拉OK、健身房……前所未有的新服务行业相继登场。女性原本都找不到工作，如今赚钱的途径却越来越多了。

女性能自己赚钱了，像春姨一样选择不结婚的女性也就相应增加了。哪怕真要结婚，让长辈拿主意、相个亲就定下终身的人也越来越少了。大家都开始自由恋爱，自己选终身伴侣了。婚姻从不得不做的事情，变成了不乐意就可以不做的事情。

春姨说得没错。

出狱后，我去图书馆查过。

在石油危机之后，尤其是70年代末到80年代，原本引领日本经济的……是叫重工业吧？就是石油、船舶之类的行业都走了下坡路，汽车、家电和服务业发展得特别快。春姨开的餐厅属于服务业，肯定也乘上了时代的东风。

在这样的大环境下，职业女性的占比升高了，结婚率迅速下降。不生孩子的女性也多了起来。早在1975年，日本的出生率就已经低于人口更替水平了。

春姨认为，这就是金钱的力量带来的变化。

曾经集中在少数男性手中的钱开始在全社会流转，日本人可以选择适合自己的东西和生活方式了。大家都变得更自由，更放肆了。当然,这里的"放肆"是褒义词。

没错。春姨说,结婚的人少了,不生孩子的女性多了,这都是好事,因为这说明大家可以过得更放肆了。

这个观点让我有点……不,是非常惊讶。

因为结婚的人少了,孩子也少了……这明明就是社会问题呀?大家都认为这样是不好的,不是吗?这点道理我还是懂的。

我的俗世熟人也有很多没结婚的,我自己也没和私奔的男友登记。但我也不是刻意不想结婚……

嗯,说大家比以前更自由了吧,倒也没错。各种各样的东西越来越多了也是不争的事实。

但我刚才也说了,我们也不一定能从各种各样的东西里随意选择自己想要的东西。即使可以,也不敢确信那就是正确的选择。来到俗世以后,这些念头一直折磨着我。

我没法像春姨那样,用积极向上的心态看待自由选择这件事。我甚至觉得米吉多子民的生活还更轻松一些,因为一切都由主定夺。

对我来说,自由不一定是好东西。因为按自己的意愿做了自由的选择,就不得不承担相应的后果,难以避免"选错了怎么办"的担忧。我常盼着有个比我更不容易犯错的人替我决定一切。小的时候想让父母和主拿主意,私奔以后则寄希望于男友,因为我就是想逃避自由。

虽然没有求证过，但我猜我父母皈依米吉多子民，大概也是想通过相信戒律严格的教义来逃避自由吧。

春姨用"放肆"这个词探讨自由时，却没有表现出丝毫对失败的恐惧。

我和她到底差在哪儿呢？出狱以后，我一直都在琢磨这个问题。

虽然还没有明确的结论，但我有时会想……大概还是差在了钱上吧。

当年的春姨有钱。她有足够的钱，可以选择摆在自己面前的任何一个选项。万一选错了，也能从头来过，不用依赖他人也能自己活下去。于是我便想，也许只有在钱足够多的前提下，自由才是个好东西吧。

董事长死后，春姨用兜里的钱买了自己想要的东西，做了自己想做的事。她还痛下决心改建了春川，按自己的喜好建了一幢金碧辉煌的大楼。

当时负责贷款的正是东亚信用社的真壁三千雄先生，春姨叫他"小壁"。据说他是扫街的时候碰巧走进了春川。

真壁先生家境贫寒，都供不起他上大学。他在各方面都与董事长截然相反，春姨却觉得他有种新鲜的魅力，就把贷款改建的事情交给他办了。

真壁先生也被春姨深深吸引,他们很快就发展成了男女朋友……不过真壁先生是有妇之夫,所以准确地说,他们搞起了婚外恋。

真壁先生没有像春姨的前夫和董事长那样,想方设法控制她。恰恰相反,他很崇拜春姨,对春姨鼎力相助。这让春姨觉得很舒服。

除了真壁先生,春姨还跟很多人谈过恋爱。

看上了谁,就毫不犹豫地追,无所谓对方有没有女朋友,有没有结婚。在这方面,春姨也是放肆而自由的。

春姨说,她当时享受着纯粹的恋爱和性爱。和忙着笼络靠山和大款的时候不一样,也不同于婚姻和以生育为目的的房事。

那时的春姨已经是奔四的年纪了,她的说法是"总算从黄毛丫头变成了女人"。呵呵,我是真佩服她。要知道在世人眼里,40岁就是中年人了,40岁的女人就是不折不扣的大妈了。

可是在春姨看来,女人真正的人生是从40岁左右开始的。

她也对我说过:"你还是个小姑娘呢,丫头片子一个。"听说我的刑期是6年,她还说:"你出狱了也还是个小姑娘,当女人的日子还长着呢。"真是这样吗?不过这么想的话,应该就能更快乐地老去了。

哦，对了，春姨说她为了避免像之前那样意外怀孕，做了手术。

绝育手术。

按理说她那个年纪怀孕的概率已经很低了，但她还是选择了手术，以防万一。

这也让我佩服得很。

世上有很多女性想要孩子却总也怀不上，为此烦恼不已。也有不少人认为孕育孩子是上天赋予女性的神圣能力。春姨却主动舍弃了这种能力。

她真的活得很放肆，而且丝毫不惧怕失败和后悔。手术总归是有风险的，而且做了就没法回头了。

听了这些，我就不由得想，也许我和春姨不仅差在了钱上，而且她也比我坚强得多。

春姨所谓的"报复不合理的世界"，肯定也有"不惧怕后悔和失败，坚强而放肆地活着"这层意思吧。

金钱不会判断善恶。所以其实没有什么是不可以卖的，也没有什么是不可以买的。正如春姨所发现的那样，金钱是自由而平等的，自由平等到残忍的地步。

不久后，日本就被钱给填满了。

没错，泡沫经济到来了。

不过我其实不太懂泡沫经济是怎么回事,只知道当时地价和股价一路飙升。春姨说泡沫是《广场协议》引发的,我也做了些功课,但还是不确定自己有没有理解透。

总之,拜泡沫所赐,日本人变得越来越自由,越来越放肆了——反正春姨是这么说的。

嗯,我看过很多当年的媒体报道。泡沫经济时期的日本人确实是全世界最有钱的一群人,好像也是全世界最放肆的一群人。

比如……有个实业家买了凡·高和雷诺阿的画,还说死了以后要把画放进棺材里。[1] 我都看呆了,没想到当年还出过这种事。说是他后来受到了世界各国的抨击,这才打消了主意,但他起初是真想用世界名画陪葬的吧。

连我都知道这太荒唐了。凡·高和雷诺阿的作品是人类史上不可多得的艺术瑰宝,那人居然想让这么珍贵的东西陪自己一起烧成灰。

但他很自由,不是吗?为了自我满足将这个级别的艺术品化为灰烬,不就是一种无止境的自由吗?

整件事里都不存在我在俗世中感受到的那种对自由的恐惧,也不存在因自由而起的痛苦。不必借用春姨的说法,那就是不折

---

[1] 指大昭和制纸(日本制纸)名誉董事长齐藤了英(1916—1996)。

不扣的放肆。

就在泡沫经济即将拉开帷幕的时候,春姨正式启动了以股票为主的投资。

后来还诞生了一个专为她的投资服务的组织,那就是春之会。

春之会是真壁先生牵头创办的。春姨在叙述中经常提到的几个人,比如诚银的阿靖、券商的阿繁也都是春之会的成员。"阿靖"应该是日本诚商银行的河内靖先生。"阿繁"大概是兴和证券的长谷部繁治先生吧。

春姨没跟我说投资的具体细节。总之是借了很多钱买股票和地皮,然后股价和地价噌噌噌地涨,钱就越来越多了。从几亿、几十亿到几千亿……

对春姨来说,一个劲儿地追求金钱的增长是非常理所当然的。

因为钱是自由的源泉。拥有的钱越多,就越能放肆地活着。

愤怒也会随着金钱的增长而平息。

不知不觉中,春姨生出了一个念头:让自己的钱变多,就是对这个世界的报复。

10
河内靖

嚯，就是你联系的我？

呵呵，这种时候还从东京特地赶过来，真不容易啊。

嗯？哦，没事没事，我是无所谓戴不戴口罩了。都到这个地步了，真得了新冠也没关系。倒是你，真不要紧吗？

是啊，听说戴了口罩也不一定防得住。心诚则灵，大概跟护身符差不多吧。

但很多人大概是不戴个护身符就不安心吧。这么热的天，街上的人却都戴着口罩，闷得呼哧呼哧直喘气，想想还怪有意思的。

是啊，有意思。我觉得拜新冠所赐，这个社会变得更有意思了。

今年初春，就是新冠刚蔓延到日本的时候，店里的纸巾和厕纸不是都被抢空了吗？

那就是典型的"自我实现预言"。

你不知道？就是这么回事——

首先，有人到处宣扬"新冠来了，纸巾要被抢光了"。这也算是一种预言。预言不需要任何依据，只要你觉得这件事会发生就行。于是这个人就多买了些纸巾，生怕到时候买不到。一些听到预言的人也会跟他一样大量囤购纸巾。哪怕心里半信半疑，也总比没纸巾用好吧。不需要每个人都行动起来。只要有一小撮人去抢购，货品就会供不应求。到了这个阶段，起初完全没把预言当回事的人也不得不去采购纸巾了，因为事态继续发展下去的话，他们可能就买不到纸巾了。有些人甚至会扫空货架。于是预言就成真了，纸巾真的断货了。

这是搞金融的人都懂的基础知识。因为投资股票和土地的时候，常会出现类似于自我实现预言的情况。为了操纵股价而放出流言，说某只股票"要涨了""要跌了"，这叫"散播谣言"。

这次的新冠骚动就跟大规模的社会实验似的，能看出人的集体心理是如何驱动全社会的。通常情况下还做不了这样的实验呢。只不过那并不是实验，而是动真格的。真的很耐人寻味啊。

如果可以，真想看了结局再赴黄泉啊……可惜有点难。

不，真的很难。实话告诉你吧，我得了癌症。

肺里的，肺癌。抽烟的果然容易得肺癌。

不过在我们那代人里，不抽烟的男人反而稀罕。我年轻的时候啊，一天抽一两包都很正常。

忙完工作以后抽上一口，那滋味别提有多妙了。但大多数时候，抽烟只是出于惯性。不叼根烟吧，就觉得嘴里闲得慌。老婆不知为这个发过几次火。每次去体检，医生都要吓唬我，说"肺都变黑了"，可我就是戒不掉。上瘾大概就是这么回事吧。

谁知退休以后，自然而然就抽不动了。不知道是不是上了年纪的缘故。外孙刚好是那段时间出生的，还记得女儿直嚷嚷"我可不想带孩子回一股烟味的娘家"。换作几年前，我肯定会大发雷霆，吼她一声："也不想想你是靠谁过上了衣食无忧的日子！老子爱怎么抽就怎么抽！"

大概是被岁月磨平了棱角吧，我也觉得是时候改改了。但也没完全戒掉，偶尔还会抽个一两根。不过这五六年几乎一根都没抽过。都这样还是病了，肯定是身体里欠了太多的债。

查出来的时候已经到四期了，就是晚期。说是没法动手术。起初还化疗过，但毕竟年纪大了，没什么效果。于是我就放弃了无谓的抵抗，改用姑息治疗。没想到停了化疗以后，整个人的状态反而好多了。医生说我可能撑不过半年，但你看我现在还活蹦乱跳的。医院也不住了，改去姑息门诊了。

老话说"病由心生"，想开了反而好吧。老婆还笑着说她白担心了一场。

但我的病并没有痊愈，只是进展比医生预期的要慢而已。饭量越来越小了，人也瘦了很多。我原先可是个直逼两百斤的大块头，看不出来吧？和最胖的时候相比，体重几乎缩水了一半。明年这个时候怕是已经躺在棺材里了。所以我根本不怕什么新冠。

没关系，反正也没留什么遗憾。我这些年让家里人操了不少心，也伤透了老婆的心，只求走的时候别再给他们添麻烦了。

如你所见，我都是一只脚跨进棺材的人了，没什么好怕的，什么都能告诉你。把朝比奈春的事情写成小说肯定很有意思。真想读读看啊，要是你能赶在我咽气前写出来就好了。

哇，这些东西可真叫人怀念啊。

对，这篇文章提到的"知名银行的投资顾问"就是我。编辑部把我说的话改成了标准语，莫名其妙。还记得我是……刚过新年的时候接受的采访，就是天皇刚驾崩那阵子。所以应该是1989年，对吧？

我想起来了。当时大伙儿都说："国丧的时候聊这种不正经的事情会不会不太好啊？"嗯，"大伙儿"指的是春之会的成员。

呵呵，话说当时人们也自觉停掉了各种娱乐活动，和这次因为新冠发布紧急事态宣言的时候还真有那么点像呢。

那一年也是股价的巅峰。1989年的最后一个交易日,38915点。日经指数创下历史新高。还以为能一路高歌猛进,称霸天下呢。

把历史新高理解成天花板就行了。日经指数从没到过这个数。最近受疫情影响,股市波动很大,但我觉得这个纪录是永远都不会被打破了。

嗯,对。当时我在诚银。日本诚商银行。你这样的年轻人可能不知道,它当年可是"银行中的银行"。

因为诚银和普通的银行不太一样。战前搞现代化和富国强兵的时候,政府为了促进本国私营企业的发展,牵头创办了诚商银行。也就是说,它是一家国策银行。

诚银熬过了战后的行业结构调整,在战后重建期和经济高速增长期默默支持着日本的各行各业。它就是这么一家银行,跟普通的城市银行不是一个级别的。我是说当年啊。

但泡沫破灭以后,诚银也跟其他银行一样,背上了巨额不良债权,多亏有国家在后头撑着才没倒闭。不过人们都说:"诚银已经完成了历史使命。"

金融大爆炸的时候……哦,泡沫破灭之后还有过这么一段时期。说白了就是制度改革。当时业内掀起了一股重组浪潮。表面上是重组，实质上是强者吞并弱者，诚银也跟一家城市银行合并了。要知道不久前，诚银还看不上什么城市银行呢。银行业巨头稻穗银行就是这么合并出来的。

我也并进了稻穗银行，但因为朝比奈春的事情，上头拿我当包袱……就是累赘。

还好老领导一直护着我，说河内没有参与诈骗，不良债权也都处理好了。所以我保住了饭碗，太太平平干到了退休。只是这些年一直都坐着冷板凳罢了。

老领导说的都是真的。真壁那家伙太傻了，我根本不知道他伪造了存单。而且我最后也没抽到"鬼牌"。

从结果看，其实是真壁和朝比奈春救了我一命。尤其是真壁……我到现在都不知道是该恨他，还是该谢他。

哦，按时间顺序讲是吧，好。

我是所谓的"团块世代"，出生于战后的婴儿潮时期。老家在广岛和冈山交界处的农村，1983年秋天来的大阪。当年我36岁，泡沫经济是不久后开始的。

我从小成绩好，在老家是出了名的神童，当然这也没啥好炫耀的。考上广岛大学的时候，还有进诚银工作的时候，乡亲们都是交口称赞，说我是村里有史以来最有出息的一个。

我背负着乡亲们的期望进了银行，可在事业上处处碰壁。

刚才也说了，诚银是国策银行，所以凡事都是东大毕业生和大藏省[1]调来的人说了算。广大虽然也是国立的，但不是旧帝大[2]，是第二批次的[3]……哦，你不知道？当年就是这么分的。反正在诚银，我这样的就是低人一等，搞不好是两等。

我觉得自己已经很拼了，可还是晋升无望，在那年秋天被调去了大阪本部新设的销售二部，说白了就是被上头当成了炮灰，用废了也不心疼。

可我当时都成家了。出人头地是指望不上了，但总归是想好好干的，于是我就服从安排，来了大阪。

就在那年年底，我参加了和诚银有业务往来的一家大型建筑公司办的年会，认识了真壁那家伙。年会的余兴节目是宾果游戏，我俩同时中了。不是四等奖就是五等奖，奖品好像是浴盐套装之类的东西。

因为这层缘分，我和真壁站在一旁聊起了天，越聊越觉得意气相投。

我俩是同龄人，境遇也很相似。

1　即现在的财务省。

2　即当年的帝国大学，日本国内有北海道大学、东北大学、东京大学、名古屋大学、京都大学、大阪大学和九州大学。

3　1949年至1978年实施的国立大学分批考试制度将学校分为两批，一期校以旧帝大为主，入学考试安排在3月上旬，二期校则安排在3月下旬，这样能防止考生集中报考名校，提高升学率。

真壁那家伙原来是三友银行的,被上头调去了旗下的东亚信用社。他的学历差了点,也是个晋升无望的主。只不过他比我还糟,只有高中文凭。在我们那个年代,大银行也会招很多只有中学历的人。

我俩一个劲儿地说领导的坏话,越说越起劲,干脆另找了个地方单独喝了两杯。他表现得特别谦逊,居然管我叫"前辈"。虽然我们是同一年生的,但我生在4月1日前,所以比他高了一级。再加上我的学历也比他高,诚银在业界的地位也比本地信用社高多了。

我也没多想,只觉得刚来大阪就收了个可以交心的小弟。

然后真壁说,他想介绍个客户给我。

那个客户就是朝比奈春。当时春川正在改建。对对对,把木头房子改建成大楼。毕竟在黄金地段嘛,印象总是有的,于是我就问:"哦,就是在盖楼的那家店?"真壁那家伙得意扬扬地说:"那栋楼的贷款就是我搞定的。"

真壁告诉我,他刚调去东亚的时候扫街推销业务,遇上了春川老板娘,也就是朝比奈春。人家对他印象不错,就把盖楼的贷款交给他办了。

为了讨朝比奈春的欢心,那家伙还帮着开了好多假名账户。

哦,假名账户就是用假的名字开的账户啦。现在都叫虚假账户了。以前能用合法途径开出来的，不骗你。

朝比奈春当过某个关西商界大腕的情妇……咦，你知道啊？对，就是濑川兵卫，濑川集团的那个。据说春川的开业资金也是濑川兵卫出的。朝比奈春还以周转资金的名义，问濑川兵卫要了很多现金。这些钱都藏在了假名账户里。

濑川兵卫不是出意外突然死了嘛。万一家里人要讨回这笔钱，或者税务局顺藤摸瓜查了出来，要她交赠与税，那可就麻烦了。

换句话说，真壁那家伙是在帮人家偷税漏税。当年管得松嘛，连"合规"（compliance）这个说法都没有，这种会变通的金融机构还挺多。

真壁就这样取得了朝比奈春的信任，拿下了改建大楼的贷款项目。

有人介绍腰缠万贯的个人客户给我，我当然是举双手欢迎啊，也很感激。

诚银毕竟是为振兴工业服务的银行，所以基本上只和公司做生意，而且得是大公司。在我入职前的经济高速增长期，这么搞倒也没什么问题。可石油危机一来，这条路就走不下去了。

重工业日趋疲软，个人消费增长迅猛，说白了就是时代的潮流变了。于是诚银也开始积极开拓个人客户，我所在的销售二部就是搞这个的。现在回想起来，其实诚银的历史职责早在那时就已经结束了。

总之，经真壁介绍，我在春川的新大楼开业时去打了声招呼。嗯，过了元旦了，是1984年的事情。

那本杂志也说了，那栋楼建得金碧辉煌。店铺部分开辟了中庭，顶层做成了套房，设计也特别考究，一看就是最先进的现代建筑。

我被带去了顶层套房的大厅，见到了朝比奈春。那是我第一次见她。

真壁先前告诉我："她到底是濑川兵卫的情人，还是挺有姿色的。"所以我是怀着很高的期望去的，好奇她是个什么样的人。

结果一见真人我就蒙了。当时朝比奈春大概是五十出头吧。长得确实不难看，看起来是比同龄人年轻，但也就是个随处可见的大妈啊。

不过对当时的我来说，最要紧的是她比寻常的大妈有钱多了。身上的衣服看着就不便宜，手上的戒指也是又大又闪。那栋楼好像也花了不少钱，看得出她生意做得是不错。

就在我琢磨着该怎么推销业务的时候，她居然主动开口了，说"我想买你们家的诚折"。

哦，你连诚折都不知道？当年还打过不少电视广告呢。

那是诚银推出的一年期金融债券，全称是"诚商折价债券"，简称"诚折"。债券以面值减去利息的折扣价出售。假设面值是一万，实际售价就是九千多，一年后按面值赎回。

那是诚银当时力推的债券，所以才投放了大量的广告。我所在的销售二部也有销售指标，领导给的压力很大，让我们拼了命地推销。

谁知朝比奈春开口就说，要买足足一个亿的诚折。

哈哈，我当然很高兴啊，但更多的是惊讶。后来我也跟她做过好几笔大额交易，但那次是真没想到，整个人措手不及啊。我当时还天真得很，心里对朝比奈春和真壁千恩万谢。

没过多久，我请真壁出去喝了几杯，感谢他给我介绍了这么个大客户。他得意扬扬地说："怎么样，老板娘不错吧。"

跟朝比奈春聊过以后，我确实觉得她没什么架子，性格开朗，人挺不错的，做事也周到。我当时还想，原来濑川兵卫这样的大人物就好这一口啊。

只不过她不是我的菜。但我又不好扫真壁的兴，就随便附和了几下。结果那家伙居然主动告诉我："不瞒你说，我跟她的关系可不一般。"——我还一句都没问呢。

没错，真壁和朝比奈春有一腿。我也没少玩女人，没资格说人家，只是忍不住在心里嘀咕，亏你能跟这么个大妈睡。

后来，朝比奈春也时常找我买诚折，每次都是一个亿，我当然是很感激的。领导也夸我逮住了个大客户，绩效、奖金都给我升了一级。

而且鲤鱼队在那一年拿了全国冠军。这跟工作是没关系啦，但我毕竟是广岛人嘛，最支持的棒球队当然是鲤鱼队。我还当自己来大阪以后转运了呢。殊不知啊，好戏还在后头。

当时市场已经渐渐回暖了。日经指数在1984年首次突破一万点，股价也是稳步攀升。

朝比奈春似乎对投资很感兴趣。除了我和真壁，她跟兴和证券的长谷部、伊丹人寿的佐藤、农协的藤本也有业务。没错，就是这些人组成了后来的春之会。大家都是通过熟人介绍认识了朝比奈春，天天往春川跑，一来二去就混熟了，开始一起出去聚餐喝酒，朝比奈春也跟我们一起。

感觉就像是形成了一个以她为中心的小圈子。

然后就到了1986年的初春。那时的日本愈发地纸醉金迷了，常有穿紧身衣的女人在北区和南区的闹市出没。就是在那一年，局面有了很大的转变。

朝比奈春把我、真壁和专搞股票的长谷部叫了过去。

她问："我想用诚折抵押贷款买股票，你们觉得呢？"

我们三个面面相觑。

不瞒你说，我们正想找个机会提议她这么干呢。

是啊，泡沫经济已经开始了。只不过当时没人说那是泡沫罢了。

《广场协议》是前一年的9月签的。后来央行推行了宽松政策……先不说这些杂七杂八的，我刚才不是跟你解释了厕纸是如何因为自我实现预言而断货的吗？其实原理是一样的。经济是由预期驱动的，而当时人们的预期很高，认为现在就是买进日本的土地和股票的最佳时机。天知道这样的预期会持续多久，又会膨胀到什么地步。但我们毕竟是搞金融的，很清楚资金正在大举涌向股票和土地。

光投资股票也就罢了，最妙的是她想到了用诚折抵押贷款。当年的诚银还是大家公认的"银行中的银行"，诚折的信用度远超其实际面值。用面值一个亿的诚折抵押，就能贷到一个多亿用于投资。

当然，这么搞也有一定的风险，但当时是个很值得一搏的时机。

既然她都主动提了，我们当然是顺水推舟了。尤其是在券商工作的长谷部，那叫一个眉飞色舞啊，立马就说"我觉得好极了，就按您说的办"。

于是朝比奈春就说，她想买能源板块，比如天然气、电力、石油什么的，至于具体买哪几只，我们定就好。

我们又吃了一惊，再次面面相觑。

这事儿说起来就有点复杂了。

当时日元因为《广场协议》升值，日本央行则实行了宽松政策，下调了利率。再加上沙特开始增产石油，所以油价也跌了下来，大环境就跟来了场反向的石油危机似的。

日元升值、利率下调和油价下跌，这三个因素被统称为"三重利好"。能源企业会从中受益，前景一片大好……天知道真实情况究竟是什么样的，但有人勾勒了这么一幅蓝图，想把涌入市场的资金都集中在相关企业的股票上。

绘制蓝图的正是券商，也就是证券公司。他们向物色投资机会的企业和个人大肆宣传，说这些股票一定会涨。

诚银这样的金融机构也搭上了顺风车。因为货币宽松政策导致了资金过剩，所有银行都在想办法开拓新的贷款客户。所以他们会撺掇那些对投资有点兴趣的客户，说"本金我们借你，放手试试吧"，趁机放贷。

在我这个一线亲历者的印象中，投资集中在这些三重利好的股票上，导致股价一路飞涨，就是泡沫的开端。

朝比奈春仿佛能看透这些水面下的暗流。

她看起来明明就是个对金融一窍不通的大妈，眼光怎么会这么准？我非常纳闷，就问了一句"您为什么觉得应该趁现在买入这类股票"，结果她说："是'海牛神'告诉我的。"

我知道她信一个叫"海牛神"的神仙，说是她的守护神。她偶尔会聊起，也带我们看过顶层套房的神龛。我是半信半疑的，但不由得感叹"求神拜佛居然还挺管用"。

还记得她当时一口气买了五亿左右的股票。

这么大的手笔，不可能不惹眼。除了我们这些常客，还有很多听到传闻的金融界人士相继造访春川，找朝比奈春推销业务。大银行和券商就不用说了，还有非银行金融机构，有些明显是黑帮开的幌子公司，一看就不靠谱。

然后有一天，真壁跟我说："我想搞个只收正经人的组织，免得老板娘被坏人坑了。"名义上是联谊会，但不入会就不能跟朝比奈春做生意。当然，真壁已经征得她本人的同意了。对，就是春之会。

那家伙说："我得护着老板娘。"

大阪的金融界也确实是个魑魅魍魉横行的地方。从"伊藤万事件"中的许永中，到"经济黑手党"的代名词山口组的宅见胜，再到后来人称"泡沫绅士"的土地倒爷和放债人，还有各种暗中作恶的牛鬼蛇神。真壁那家伙肯定是不想让那些人接近朝比奈春吧。

现在回想起来，真壁当时就已经对朝比奈春如痴如醉了……

嗯？哈哈，对。出事以后不是有很多媒体报道过嘛。朝比奈春一把年纪了，玩得却挺花，这是不争的事实。除了真壁，她好像还有好几个相好。但我没跟她睡过。她倒也暗示过我一次，可我刚才也说了，她不是我的菜，所以就婉拒了。

撇开这些不谈，我其实也很赞成搞个这样的组织。因为我也不想让那些一肚子坏水的家伙接近我们好不容易逮住的大客户。

我们决定只邀请那些身份可靠、值得信赖的人。还记得最开始刚好凑满了十个人吧？春之会就这么成立了。

刚成立没多久，朝比奈春就把大伙儿叫了过去，说她想买即将上市的NTT的股票，"海牛神"让她能买多少就买多少。

1987年2月，完成私有化后，NTT决定上市，当时已经在公开募股了。第一批应该是165万股吧。价格是……每股1197000日元。哈哈，这些数字记得特别牢。毕竟那是一场规模空前的上市嘛。

当时有1000多万投资者申购，要摇号抽签，而且每人限购1股，但春之会有好几个券商的人，包括兴和证券的长谷部，他们联手拿下了200股，加起来就是24000万。

市场对这只股票的预期不是一般的高，哪怕"海牛神"没发话，也能在某种程度上预见它的暴涨。

上市第一天，投资者疯狂挂单买入，价都出不来[1]。第二天午市快收盘的时候，总算出了第一个成交价，160万。在短短两天内……不，实质上是一天内涨了近40%。后来股价继续稳步上升，到了3月4日，也就是上市后一个月左右，就涨到了300万。

朝比奈春的账面收益高达3.5亿。

旗开得胜，大伙儿狠狠庆祝了一下。朝比奈春说："这回多亏'海牛神'保佑，大家一起来祈祷吧。"老实说，当时春之会的大多数人都不信什么"海牛神"。但这个组织就是为朝比奈春成立的，又有谁敢说"不"呢？于是大伙儿一起去了顶层套房，对着神龛双手合十。

说白了就是拍马屁嘛，都想讨朝比奈春这个大客户的欢心。大家都一样，我也不例外。一群在知名金融机构工作的人对着个奇怪的神仙祈祷，旁人见了肯定觉得滑稽。

哦，对了，那天祈祷过后，朝比奈春说了这么一句话："大家都要活得放肆点，做自己想做的。"

她说她小时候总是忍着熬着，因为日本打了败仗，一贫如洗。但那种日子已经一去不复返了。如今日本富起来了，可以尽

---

[1] 中日两国的新股首日交易涨停限制略有差异。日本的规定是，挂单买入的大幅多于卖出时，首日不出成交价。中国如出现新股一字涨停的情况，则开盘价、最高价、最低价、收盘价都是一个价，至少会出一个价格。

情做自己想做的事情了。以后也要使劲投资,赚更多更多的钱。

大伙儿听了都特别激动。

我也是心潮澎湃啊。

因为"活得放肆点"这句话引起了我的共鸣。我虽然出生在战后,但小时候日子也很穷,处处都得忍着熬着。

她说得没错。要想活得放肆,做自己想做的事,说到底还是得靠钱。

我当即就下了决心,一定要赚钱,赚大钱。

坐我旁边的真壁也喃喃自语:"给他们点颜色看看……帮老板娘赚大钱,狠狠争他一口气。"

他是被三友踢去东亚信用社的。我在诚银也升迁无望,所以很懂他的感受。

NTT股价飙升也对全社会产生了巨大的冲击。一眨眼的工夫,这只一开始就备受关注的股票就涨到了发行价的近三倍。这件事让人们意识到了"炒股是能赚钱的",比什么广告都管用。

说出来你怕是都不信,当年的定期存款利率有五六个点呢。可是眼看着NTT股价飙升,越来越多的人觉得存银行的收益率太低了,亏大了。大家都觉得钱不该存着,而是应该拿出来投资,不然就亏了。全民炒股投资就是从NTT股价暴涨开始的。

朝比奈春说到做到,又往股市里投了几个亿,而且眼光准得吓人。三重利好的热度下来以后,她告诉我们:"海牛神"让她投资持有东京湾土地的公司。

这个判断也是非常精准的。

三重利好牛市刚走,海滨牛市就来了。资金涌向了东京湾地区的大型开发项目。

这个牛市嘛,几乎也是券商一手编出来的,他们到处宣扬海滨地区的工厂旧址要再开发了——没错,持有土地的企业、东京都政府和国家都没有这样的计划,但券商非说有,煽动大家投资相关企业的股票,我们银行则提供贷款。于是资金大量涌入,地价飙升,再开发项目成真了。重磅项目接连立项,持有东京湾土地的公司和参与再开发项目的公司的股价都节节攀升。和三重利好牛市一样,海滨牛市也是自我实现预言导致的。在那个年代,这种事多了去了。

朝比奈春也乘上了这股东风。

之后就更是一发不可收拾了。

1988年和1989年是泡沫经济的巅峰期。青函隧道和濑户大桥相继竣工,闹市区的高楼大厦如雨后春笋般拔地而起,台球酒吧、卡拉OK、迪斯科舞厅……街上多了各种新奇的娱乐场所,博若莱新酒[1]、蒂芙尼戒指……外国的时髦玩意都在日本风靡一

---

1 博若莱新酒(Beaujolais Nouveau):产自法国博若莱(Beaujolais)产区的葡萄酒,酿酒葡萄为当年8、9月采摘,到11月即开瓶饮用,是唯一在当年即可消费的红葡萄酒。

时。瑞可利事件[1]等行贿丑闻接连曝光，昭和天皇驾崩，年号也改了。全社会都在一个劲儿地往前冲。

在这样的大环境下，朝比奈春的财富开始了无止境的膨胀。她不光投资股票，还投资房地产、期货和各种各样的东西，买的诚折也越来越多了。

她不光投资，还用买来的股票和债券抵押贷款，然后再投资别的东西，反反复复倒上好几轮。

懂我的意思吗？假设你手头有一个亿的现金。你用这笔钱买了诚折，然后抵押这些诚折，贷出来一个亿，再用贷款买一个亿的股票。接着再抵押这些股票，再贷一个亿去买地……这时你的资产已经从最初的一个亿变成了三个亿。

不断重复这个过程，资产就会滚雪球似的增长。

哈哈，觉得不对头是吧？其实这种资产的增长建立在不断借债的基础上。但只要投资收益高于债务利息，就没有任何问题。

因为我们这些金融机构就想放贷啊。管它是公司还是个人呢，来一个放一个，都不好好审核。哪家都一样。无论是诚银这样的大银行，还是小规模的信用社，都跟疯了似的放贷。也许当

1　与昭和电工事件、造船丑闻事件、洛克希德事件并称为日本战后四大丑闻。1988年7月，日本媒体揭发瑞可利（Recruit）以低价向政界要人赠送瑞可利Cosmos未上市股票，政界要人再于市场上高价抛售，实质是行贿。

年大家是真的疯了。总之，你借得越多、投资得越多，大家就越是觉得你厉害。

从这个角度看，当年的朝比奈春就是全国数一数二的投资高手。不知不觉中，她竟成了诚银最重要的客户之一，领导甚至对我说："朝比奈春的要求不用走审批程序，能贷多少就贷多少。"

朝比奈春就此名震天下，成了人们口中的"北滨魔女"。想加入春之会的人络绎不绝。为了防止心怀不轨的人混进来，我们也精挑细选，但一眨眼的工夫，会员就增加到了20个左右，全都是知名银行和券商的人。

而且啊，朝比奈春每次赚了钱，都会给春之会的成员和餐厅的员工发奖金和奢华的礼物。奖金可比工资高多了。

大伙儿自然是千恩万谢。而她总是笑眯眯地说："你们开心啊，我就跟着开心。"

没过多久，她就成了春之会的每个成员和他们背后的公司的头号大客户。渐渐地，大伙儿都不去公司了，每天直接去春川上班，我也不例外。

嗯，是啊。天天泡在春川，自然而然就跟餐厅的员工混了个脸熟，偶尔也会跟主厨白木师傅聊上几句。

听说他是个无依无靠的战争孤儿，吃过很多苦。他说他不觉得自己有做菜的天赋，只是一把年纪也没法改行了，所以每天都咬着牙拼命干。我还挺有共鸣的，因为我在诚银起初也是坐冷板凳的，拼了老命才爬了上来。

不过白木师傅也有傻里傻气的一面。说着说着，我就想起来了，当年朝比奈春常拿这件事取笑白木师傅来着。

事情要从村上春树的小说说起。不，不是最近的，是泡沫经济时期出的，上下册的封面分别是红色和绿色的那个……对，《挪威的森林》。是哪一年出版的来着？哦，1987年啊。嗯，差不多就是那个时候。

呵呵，白木师傅平时也不太看书的，但《挪威的森林》一上市就火了嘛，他就想买来看看。上册很快就看完了，他觉得挺有意思的，于是就去买了下册。翻开下册一看，开头居然跟上册是一模一样的。他暗暗感叹："原来文学作品都是这样的啊。"可是往后看了很多，情节还是跟上册如出一辙。他越想越奇怪，仔细一看，才发现自己又买了一本上册。

听听，多滑稽啊。

他平时给人的印象是个正经严肃的匠人，没想到还有这么天然呆的一面，这么一对比就更滑稽了。

啊？哦，确实有个女厨师，像是白木师傅的徒弟。听说她是离家出走来的大阪，成了春川的住店员工。那是个假小子吧？现

193

在是不是都改叫 LGBT 了？我还觉得她这样的挺稀奇的，但是拿这个开玩笑吧，朝比奈春铁定要发火，所以说话的时候还得多留个心眼。不过嘛，我也没什么机会跟她深聊。

哦，是吗，你也找过那孩子呀？哈哈，人家也不是孩子的年纪了。过得还不错？那就好。

白木师傅呢？不知道他在哪儿？不过他比朝比奈春还大些，算算年纪，搞不好都不在人世了。

我没和员工们聊过工作上的事情，但总觉得我们之间是有种伙伴意识的。就好像我们都坐在一艘叫朝比奈春的大船上，只是待在不同的地方罢了。他们管餐厅的里里外外，我们管投资。

对，春之会的成员每天早上都会去春川挨个和朝比奈春碰头，讨论今天要买什么，要贷多少钱。我们内部也是有竞争的，大伙儿都使出浑身解数讨好她，生怕落于人后。

朝比奈春跟我们做了一笔笔大额交易，而我们也在各自的公司平步青云。真壁成了东亚的支行长，我也升了职，成了诚银营业二部的副部长。

真是一段激情燃烧的岁月啊，那叫一个热火朝天。

每天都精力充沛。

钱也赚得多，天黑了就去北区南区花天酒地，开店里最贵的酒，管它是罗曼尼-康帝[1]还是唐·培里侬[2]呢，统统喝到饱。来了兴致，就泡泡店里的小姐，去酒店开房。

懒得泡，就直接去电话亭。

哦，你都听不懂我在说什么吧？电话亭知道吗？哦，这总归是知道的吧。当年闹市区的电话亭里贴满了各种风俗店[3]和情妇银行的粉色传单。情妇银行就是……就是约会俱乐部。啊？连约会俱乐部都不知道？说白了就是拉皮条的。

打电话去那些地方，就能找个临时的床伴。

事业越顺，就越是想玩女人。男人的上进心大概是和性欲紧密挂钩的吧。在我看来，那个贴满粉色传单的电话亭就是泡沫经济时代的象征。

到了第二天早上，不去公司也不回家，直接杀回春川。一个星期至少有四天要折腾一晚上不睡觉，但头脑无比清醒。大概是分泌了太多肾上腺素吧。

你带来的文章里也提到了，三友银行确实请朝比奈春去演讲过，包餐费和车马费的那种。对，1988年底。行长跪下求她也

---

[1] 罗曼尼-康帝（Romanée-Conti）：出自世界上现存最古老的葡萄园之一，人称"法国酒王"。

[2] 唐·培里侬（Dom Pérignon）：最著名的法国香槟。

[3] 提供性服务的商家。

是确有其事。

真壁那家伙别提有多高兴了，想必是出了一口恶气，心里痛快得很。也许这就是他愈发迷恋朝比奈春的原因吧。他甚至说出了"我要让春姐成为世界头号富婆"之类的话。

天知道这话有几分真，不过对金融从业者来说，让客户成为世界首富也算是终极梦想了。

而且那时的朝比奈春势头正劲，确实会让人生出"她搞不好真能成为世界首富"的念头。

因为她百发百中。

看她那般料事如神，我都觉得她崇拜的那个"海牛神"搞不好是真的。不光我一个，大伙儿都这么想。

渐渐地，春之会就形成了全体成员每天早上一起向"海牛神"祈祷的习惯。最开始是真壁起的头，但这个时候我们已经不再是假意敷衍了，全都当真了。大伙儿全都真心诚意地向那个"海牛神"祈祷，简直跟小规模的宗教团体没差。

岂止啊……说那是个邪教大概还更贴切些。

教主是朝比奈春，春之会的干事真壁则是教主的左膀右臂。

毕竟他俩认识得最久，朝比奈春好像也特别中意真壁。

然后……我也不知道具体是从什么时候开始的，反正真壁的态度越来越不对了。说白了就是他越来越傲慢了，有点狐假虎威的意思。

不知不觉中，春之会的事儿都是他说了算。

真壁创立春之会的时候只定了两条规矩。第一条是"不得对朝比奈春有所隐瞒"，第二条是"成员之间不得私自交流业务信息"。这是为了防止心怀叵意的人串通起来蒙骗朝比奈春。

可是眼看着交易金额越来越高，哪怕大伙儿没有欺骗朝比奈春的意图，也会私底下先通个气，就跟围标[1]似的。

我也干过这事儿，和兴和证券的长谷部互相透了个底，说了说各自目前有哪些业务，商量好"下次给你，再下次归我"。也不是什么大不了的事儿，对朝比奈春也没什么坏处，所以我才不小心说漏了嘴。

真壁却非要追究。

那天他当着大伙儿的面斥责我："你为什么不守规矩！"他甚至要把我赶出春之会。这也太狠了，我要是退了会，就等于是丢了最重要的大客户啊。

再说了，真壁是干事没错，可我不觉得他有这个权限。他创办春之会的时候也是找我商量过的，我好歹也是发起人之一啊。乡下的信用社也比诚银差远了。我认为他没有权力单方面开

---

[1] 又称"串通投标"，指几个投标人之间相互约定，一致抬高或压低投标报价，通过限制竞争排挤其他投标人，使某个利益相关者中标。

除我。

可关键人物朝比奈春却在这种场合给真壁撑腰。

她说,真壁说得没错,让我诚心诚意道歉。

让我像刚出生时那样,一丝不挂地向"海牛神"赔罪。

也许那时我的精神也不太正常了。她摆出强硬的态度这么一说,我居然觉得自己必须照她说的办,居然认为这事儿确实是我不好,必须光着身子赔罪。

最后我还真赔罪了,和长谷部一起。脱得光光的,嗯,内裤都不剩。我们跪在神龛跟前,一遍又一遍地说:"'海牛神',我们知错了!"

外面的人当然看不见神龛所在的顶层套房大厅,可一个大男人哪受得了这样的屈辱啊?

真壁俯视着我们说:"老板娘大人不计小人过,你们就知足吧。"

我是既懊悔又委屈,眼泪都掉下来了,号哭着道歉。说了无数遍,说到嗓子都快出血了。最后朝比奈春说:"行了,'海牛神'会原谅你们的。"听到这句话的时候,我总算是松了一口气,真有种捡回了一条小命的感觉……

哈哈,如今回想起来都觉得莫名其妙。我怎么会那么想呢?大概当时的春之会确实有某种近乎宗教的氛围吧。

正所谓杀一儆百,所有成员都吓破了胆,再也不敢不守规矩。除了我们,肯定还有别人私下通过气。只罚我们两个,也是想杀鸡儆猴吧。

群体心理真是个可怕的东西。大伙儿都变得疑神疑鬼,稍有风吹草动就跟真壁打小报告。这也算是某种形式的恐怖政治吧。大伙儿都对真壁战战兢兢,谁都不敢打探他在干什么。所以他暗地里干起了那种勾当,也没人有所察觉。

我也不知道他是不是从一开始就计划好了。但最终的结果是,春之会成了他肆意掌控情报服务的组织。

不过嘛,我是无所谓的。如果那种热火朝天的状态能维持下去的话,我无所谓真壁做什么。把春之会搞得跟宗教一样也没关系,只要股价能一路往上走的话。

到时候,我就会像朝比奈春说的,赚很多很多钱,放肆地活着,做自己想做的事,这样就挺好。

但你也知道,好日子很快就到了头。

其实从金融常识的角度看,泡沫时期的股价是很不正常的。股票有每股收益(EPS)[1]、市盈率(PER)[2]之类的指标,用来判断股价是高是低。而在泡沫时期,无论用哪个指标来衡量,都会得

---

[1] 每股收益(earning per share):又称"每股盈余",企业税后净利润与股本总数的比值。
[2] 市盈率(price to earning ratio):每股市价与每股收益的比值。

出日本企业的股价异常偏高的结论。

可是啊，人生性就只看自己想看的东西。当年那群想要说服自己日本的牛市并不是异常的人创造出了一个叫"Q比率"[1]的荒唐指标，说白了就是评估股价时将企业持有的不动产的价值纳入考量。因为泡沫不仅导致了股价飙升，地价也是一路飞涨，所以算出来的数字还过得去。你不用绞尽脑汁去理解这个指标，总结成一句话就是，当所有指标都指向异常的时候，他们强行编造了一个指向正常的指标。

于是金融界人士都拿这个Q比率大做文章，嚷嚷着"日本没什么不正常的"，宣扬"股价还会继续涨"。不，大部分人是真信了，我也不例外，真要命。

最近大阪不是也搞出了个莫名其妙的K值[2]，说新冠疫情马上就会平息了吗？可病例还是只增不减啊。这个K值大概也跟当年的Q比率差不多吧，当然具体的我也不懂啦。

都说泡沫经济起因于《广场协议》和日本央行为应对协议采取的宽松货币政策，但从1989年5月开始，泡沫到达巅峰的时候，央行就推行了截然相反的政策。换句话说，央行改走收紧路线了，提高了调低已久的官方贴现率。

---

1 Q比率（Q ratio）：公司的市场价值与资产重置成本的比值。
2 即扩散指数K，体现超级传播事件的发生率，K值越小则超级传播事件可能性越大。

股价在 1990 年初就已经开始原地踏步了，但央行继续调高官方贴现率，3 月时已经超过了 5%，回到了《广场协议》前的水平。

还没完。与此同时，大藏省发布了关于融资上限的行政指令，要求金融机构控制针对房地产行业的贷款。因为在泡沫经济时期，地价涨得比股价还猛。你应该也听说过，当时东京 23 区的地价加起来能买下整个美国呢。

大藏省大概是想扭转局势吧。谁知，这条指令竟成了泡沫破灭的决定性因素。

不过最开始的时候，大家都还无知无觉。股市在 1990 年暴跌，但没人能明确指出这件事具体发生在哪一天。

在涨涨跌跌的过程中，跌幅大于涨幅，于是就慢慢跌下去了，这就是做股票的常说的"下跌趋势"。

在这种大环境下，之前买股票越积极的人，账面亏损就越多。

1990 年 5 月到 6 月的时候，热衷投机的房地产商和炒投机股的券商就已经开始破产了。然后股价继续下跌，回过神来一看，一年下来几乎跌了近 40%。这已经是不折不扣的大崩盘了。

但社会仍处于亢奋状态，有危机感的少之又少。大多数人都还很乐观，觉得明年就能回归正轨了。

这就是温水煮青蛙嘛。把青蛙放在水缸里，一点点提高水温。于是青蛙就会一直在水里游,不会想到要跳出来。发现不对劲的时候为时已晚,青蛙都被煮熟了。

当时全日本的投资者都跟被煮熟的青蛙似的。

我们金融机构也是一筹莫展,因为持有的资产严重贬值,之前随便乱放的贷款都变成了无法收回的坏账。

当年的大藏省可真够混账的。都怪他们突然收紧,才会闹成那副样子。

还美其名曰"防止通货膨胀",要我说啊,就是那群胆小如鼠的官僚们吓得踩了刹车。

真够傻的。在泡沫经济时期,地价和股价确实涨得太凶了,但街头巷尾的商品价格——就是所谓的物价涨得慢多了。你去查一查就知道,当时的通货膨胀率应该是 2% 出头,还算是比较理想的水准。

根本没什么好怕的,非要踩刹车也该循序渐进啊,有的是办法软着陆。可大藏省偏要急刹车。

也许他们觉得自己在整顿纲纪吧,可日本经济迎来了什么?来的不是他们担心的通胀,而是通缩。这可一点儿都不好笑。事实证明,他们踩了不该踩的刹车。

当然啦,我所在的诚银是国策银行,跟大藏省有着千丝万缕的联系。

但不管上头是怎么想的，我还是觉得应该尽可能延长宽松政策，好让泡沫持续下去。股价涨，地价涨，钱多得溢出来，人们变得富有，想买什么就能买什么……这样又有什么不好？

要是泡沫没有破灭，朝比奈春和真壁那家伙都不会落得那么个下场。从这个角度看，每个人都是被害者。

对，就跟媒体大肆报道的那样，真壁那家伙伪造了4000多亿的存单，以填补朝比奈春因股市崩盘产生的损失。

我从头到尾都没发现。不骗你。春之会的其他成员应该也一样。我知道他在春川有个专用的房间，每天在里头用功，但我刚才也说了，大伙儿都怕他，所以没人敢打听。

听说他把信用社用的支票打印机和存单专用纸弄进了那个房间，暗中造假。东亚信用社的支行长用自家的备品造假，当然能以假乱真了。我做梦也没想到他会干出那种事来。

那应该是1991年4月吧。股价跌了那么多，朝比奈春的资产显然会出现巨大的账面亏损。可都到这个节骨眼上了，春之会的成员还是疑神疑鬼的，不敢相互交流，没能把握全局。

就在这时，公司领导让我彻查和朝比奈春相关的交易，必要时进行清算。虽然命令是诚银的领导下的，但源头是更上头的大藏省，也就是国家。

世人还过着纸醉金迷的日子，东京那家叫"朱莉安娜"的迪斯科舞厅[1]就是这个时候开的。但金融机构全都火烧眉毛了，连政府都慌了。

于是我横下一条心，联系了真壁以外的春之会成员。

到了这个地步，大伙儿也觉得大事不妙了。我们一拍即合，决定瞒着真壁和朝比奈春，交流一下各自的情况。

不聊不知道，一聊吓一跳，坏账至少有个 1000 亿，可表面上还风平浪静的，不难想象真壁和朝比奈春肯定动了什么手脚。

这下我们总算是清醒了。

天知道他们干了些什么，但无论如何，情况都比我们设想的还要糟糕。一不留神，怕是要给他们陪葬。赶在那之前解散春之会吧。能清算几笔是几笔，尽可能收回债权才是当务之急。

我们决定挑个真壁不在的时候，直接找朝比奈春谈判。

当时已经入梅了，应该是 1991 年的 6 月吧。

社会的气氛也不太对了，人心惶惶的。一会儿是房地产巨头董事长因为偷税漏税被抓了，一会儿又爆出四大证券公司在帮部分客户填补亏损，还有谣言说马上就会有人因伊藤万事件坐牢了……经济大案接二连三，仿佛是在为过去埋单。

我们也是当事人，做好了打拉锯战的思想准备。最糟糕的情

---

[1] 朱莉安娜（Juliana's Tokyo）：1991 年 5 月 15 日于东京港区开业的迪斯科舞厅，总面积 1200 平方米，最多可容纳 3000 人，吸引了大批赶时髦的年轻人，是泡沫经济的标志之一。

况是朝比奈春破产，我们永远都无望收回贷款……

谁知朝比奈春一口答应，说："好，那就都清了吧。"她解散了春之会，贷款也都偿清了。

我们当然求之不得，但还是很意外。总之从最后的结果看，春之会的成员都没有贷款烂在朝比奈春手里。

但这就跟抽鬼牌似的。她跟我们结清了，就意味着坏账全都推给了别人。

春之会解散后，我就抱着逃离沉船的心态，远离了春川、朝比奈春和真壁那家伙。所以后面的事情都是通过传言和媒体报道了解的。

听说朝比奈春和真壁把"鬼牌"推给了一直被春之会拒之门外的非银行金融机构。好像是真壁抵押假存单贷了钱。

在那些金融机构看来，一个以前不把他们放在眼里的大客户拿着可靠的信用社存单来申请巨额贷款，而且出面跑腿的正是出具存单的信用社的支行长。谁会起疑心啊？立马就扑上去了。

这就是不折不扣的诈骗。也许能瞒过一时，可露馅是迟早的事。东亚信用社发现市场上流通着千日前支行发行的大额存单，于是暗中开展了调查。一查就发现铁定是真壁那家伙伪造的，于是就报了警。警方刚开始调查……真壁就死了。

听说他在道顿堀河边喝了毒酒。对，我还记得他用的是夹竹桃的毒。夹竹桃开的花挺好看的，常有人种在院子里，我都不知道它含有能置人于死地的毒素。

我听说警方起初怀疑是朝比奈春杀人灭口，逼真壁喝下了毒酒，但她有不在场证明。

最终还是按自杀处理了。真壁没留遗书，动机不明，当时大家都猜，他一方面是惧怕因诈骗被捕，一方面是不想连累朝比奈春。说不定啊，朝比奈春真说过"你就替我去死吧"之类的话。警方也是这么想的，还试图以教唆自杀的罪名立案，可就是拿不出证据来。

不过我觉得吧，真壁搞不好真是被人弄死的。

不，下手的不是朝比奈春……而是黑帮。

很多被假存单蒙骗的非银行金融机构是黑帮开的幌子公司。听说春之会解散后，常有凶神恶煞的客人出入春川。

嗯，黑帮发现自己被人骗了，于是就把真壁给……还有，真壁自杀后，朝比奈春不是杀了个人吗？对对，就是那个叫铃木的。

我根本不认识他。至少他跟春之会没一点儿关系。朝比奈春自己也说他是新客……但我猜啊，他可能是道上的。

警方倒是查过，说他不是黑帮的正式成员，可他也许是受黑帮之托找朝比奈春讨债的小流氓呢？双方一言不合，于是就……

这我就不知道了。真壁的案子也好，朝比奈春的案子也罢，都是我猜的。事到如今，也查不出当年到底是怎么回事了。

无论怎样，都是朝比奈春和真壁犯蠢，简直蠢到家了。真壁家里还有老婆和儿子呢……是啊，比起真壁本人，我更同情被他抛下的家人。

我去过真壁死的地方。深更半夜的，刚好是他出事的那个钟点。

路灯大多熄灭了，只剩几盏霓虹灯在道顿堀留下摇曳的倒影。明明是大阪的市中心，景色却格外冷清。我心想，真壁那家伙就是看着这番景象走上黄泉路的吗……

哦，话说解散春之会的时候，朝比奈春幽幽地说过这么一句话："我是不是又输了啊……"

也许是吧。

也许当年的我们全都吃了败仗。

这个国家好不容易从焦土走向了繁荣，经济发展迅猛，钱也变得越来越多，积累了越来越多的财富。可到头来，我们还是输了。

泡沫的破灭，大概就是这么一回事吧。

11
宇佐原阳菜

不过话说回来，那个时代可真是不得了啊。

出狱后，我做了些关于泡沫经济的功课。查着查着，竟有种自己在看童话故事的感觉。

因为当年的一切，都和我熟悉的世界相差甚远。可那些事情明明就发生在我出生长大的日本。

发生在熟悉的国家的陌生故事。而春姨就是毋庸置疑的主角。

她对外宣称自己是按"海牛神"的指示投资的，媒体大加报道，只当这是个滑稽可笑的段子。春姨确实借用过"海牛神"的力量。但"海牛神"终究只是春姨的守护神，只能帮忙除掉妨碍春姨的人，并没有预测股价、提供投资建议的能力。

春姨几乎是在泡沫经济到来的同时开始了大规模的投资。那些投资决策都是她自己定的,与"海牛神"无关。

春姨学历不高,但来到大阪之后,她每天都会看报纸,努力了解社会上发生了什么事,有时还会去图书馆看看企业管理和经济方面的书籍。

想必她本就是个求知若渴、充满好奇心的人。对她来说,获取知识本就是一种乐趣,所以她说她几乎没有自己在刻苦学习的意识。

陪酒的那些年,如此积累下来的知识丰富了她与客人的谈话内容。自立门户以后,这些知识又成了她管理餐厅的武器。当然,知识也不是万能的,她说她也在摸索碰壁的过程中学到了很多。

春姨就是这样一个人,所以签署《广场协议》和央行推出货币宽松政策这两件事,她也是第一时间知道的。

她谦虚地说,自己并没有预见到泡沫经济的到来,只是很确定有的赚,所以才会冒险一搏。

问题是,就算春姨告诉最开始咨询的那些人——就是后来创立春之会的人——说那些点子是她自己想出来的,他们也不会信。

他们似乎认定了春姨背后有高人指点。于是春姨就半开玩笑地说是"海牛神"告诉她的,结果他们就服气了,说:"哦,求神拜佛居然还挺管用。"

服气归服气，但这并不意味着他们是发自内心地相信"海牛神"的神谕。只不过在他们看来，遵从神谕比春姨这么个连高中都没上过的中年妇女自己动脑子做投资决策更可信吧。

他们都太小瞧春姨了，尽管八成是无意的。

但春姨并不生气，干脆就顺水推舟了。每次提出新的投资方向，她都说是"海牛神"给的指示，还煞有介事地对着神龛祈祷，扮演起了按神谕投资的女人。

春之会成立后，她也带着全体成员一起向"海牛神"祈祷。

春姨看得出来，他们心里都觉得荒唐，只是为了讨好她才装装样子。其实是春姨一直在扮演他们想象中的朝比奈春。

春姨说，这还挺有意思的。因为春之会的成员明明都是聪明人，却误以为很了解她，还向他们根本就不信的神仙祈祷。

后来，泡沫经济不断升温，春姨的投资也是百发百中，可愣是没有一个人相信过她是真能读懂市场的走向。一个都没有。

他们反而信起了自己当初瞧不上的神仙，误以为"海牛神"会通过神谕告诉春姨股市的走向，误以为"海牛神"能操控运势，确保春姨百战百胜。春姨不过是在他们面前祈祷了一下，他们却在各自心里创造出了虚假的"海牛神"，坚信那些不可思议的事情真的发生过。

春姨的光辉事迹渐渐传开，媒体争相前来采访。当时她也迎合了人们的期望，扮演了一个靠神力投资的"魔女"。

对春姨而言，以这样的形象示人倒也方便。"魔女"的神秘感吸引了很多人的注意，哪怕大家只是觉得好玩。很多对投资不感兴趣的人冲着春姨这个人走进了餐厅，想沾沾她的福气，主业的生意自然也是蒸蒸日上。

春姨说，那段日子是真的很快活。

盖了栋金碧辉煌的大楼，想买什么就买什么，被人奉为"魔女"，每天赚钱赚到手软，这样的日子真是快活极了，不过……

春姨也说，只怪她快活过了头，糊了眼。

静下心来想想，不寻常的迹象其实到处都是。

好比股价。1984年好容易才爬上1万点，1989年却直逼4万点，短短5年几乎翻了两番。实体经济不可能增长得这么快，明显是有异常大量的资金涌入了市场，造成了股价的异常飙升。春姨向来善于把握时局，照理说她应该能察觉到那都是没有实体的泡沫。

又好比春之会。

泡沫经济到达巅峰时，春之会也发生了不同寻常的变化。原因出在干事真壁先生身上。

真壁先生还有另一层身份：春姨的男朋友。他比谁都信春姨扮演的"魔女",简直是深信不疑。春姨也特别关照真壁先生,对他信任有加,把春之会的工作都交给他安排了。

也许就是因为享受到了这样的特殊待遇,真壁先生才会误以为自己是特别的。他原本是个很谦逊的人,但渐渐地就开始在春之会独断专行了。

有一次,他甚至逼不守规矩的成员脱光了跪在地上赔罪。而且受罚的那两个人——啊?嗯,对,河内先生和长谷部先生——都和春姨睡过。也许是嫉妒心作祟吧。

春姨看在眼里,也觉得真壁先生做得太过分了,但她并没有阻止,因为这件事似乎让春之会变得更团结了,也没人发牢骚。

那时的真壁先生和春之会大概都已经疯了。

但春姨的投资风生水起,资产不断增长,掩盖了所有的问题。

股价也好,春之会也罢,春姨明明有很多机会发现异常,但她视而不见。

等她回过神来,还没来得及采取措施,事态就急转直下了。

没错,泡沫破灭了。

人们原以为异常的股价会一直坚挺下去。谁知 1990 年,牛市戛然而止,股价开始下跌。起初大家还很乐观,觉得迟早会涨回去,但大崩盘浇灭了所有的希望。

这让春姨想起了很久以前的战争。

春姨还小的时候，就是日本刚跟美国开战的时候，每个大人都告诉她："日本是逢战必胜的神国，绝对能赢。"在战争初期，日军确实势如破竹，捷报频传，老百姓欢欣鼓舞。但不知不觉中，形势就逆转了。明明说日本的优势很明显，大阪和东京却遭到了空袭。都被逼到这个地步了，老百姓仍然坚信日本一定能赢，一定能取得最后的胜利。

春姨说："也许跟当年是一样的。"

她说，泡沫破灭就是第二次战败。虽然不知道自己输给了谁，反正就是又输了一次。

听到这里，我觉得她说的很有道理。

因为用焦土来形容我和男友私奔后见到的俗世真是再合适不过了。当然，货架上摆满了东西，到处都是高楼大厦。乍一看，俗世中的日本似乎是和平、繁荣而发达的，可是在我眼里，那就是一片荒芜的焦土。男友应该也有同感。

这个国家在第一次战败后迅速实现了复兴，但经历了泡沫经济破灭这个第二次战败后，它迟迟没能重整旗鼓。我们这些生在泡沫经济时代之后的人就这么被活活扔进了一片焦土——我甚至有这种感觉。

在第二次战败，也就是泡沫经济破灭的过程中，春姨的资产就跟融化了似的消失了,一眨眼就变成了累累负债。

春之会也分崩离析,成员们开始疏远春姨。毕竟这本就是个为赚钱服务的组织,情况不对了就散伙也是在所难免的。春姨也认了。

真壁先生却是个例外。

为了帮助春姨,他开始想方设法填补亏损。春之会的其他成员要求春姨偿清贷款的时候,也是真壁先生帮忙筹到了足够的资金。

"那些家伙都靠不住。从今以后,您靠我一个就够了。"他如此宽慰春姨,反而比之前更有活力了。

问题是,真壁先生并没有用正当的方式筹集资金。

他伪造了自己的工作单位——东亚信用社的存单,并以此为抵押,用春姨的名义在金融机构申请到了新的贷款。

连我都知道,这是性质恶劣的诈骗行为。

而且跟春姨打过交道的金融机构都知道春姨没有还款能力,所以真壁先生专挑被春之会拒之门外的机构。比如幌子公司……我原来都不知道这个词,说白了就是黑帮开的公司。他骗了那种公司的钱。

春姨也劝过他,说没必要做到这个地步,大不了申请破产,从头来过。但真壁先生不听。

他一口咬定，股价很快就会涨回去，没问题的。股价会无止境地涨，春姨定能成为世界首富。他一定会帮春姨实现这个目标的。他说，这都是"海牛神"告诉他的。

没错。

不知不觉中，真壁先生产生了自己也能听到神谕的错觉，被自己制造的冒牌"海牛神"吞没了。

春姨说，真壁先生的眼神像极了她的父亲——很久很久以前，因为无法接受日本战败而侵犯春姨的父亲。

春姨忍无可忍，向"海牛神"许了愿。

求您帮我除掉小壁吧——

"海牛神"再次满足了春姨的心愿。真壁先生死了。"海牛神"让他服下了从夹竹桃中提取的毒药，但这件事最后是按自杀处理的。

其实警方当时已经发现了真壁先生的不法行为，所以怀疑是春姨杀人灭口。但在真壁先生出事当晚，春姨留了几个常客在春川，喝到很晚才散，有完美的不在场证明。

不过春姨也觉得是时候收手了。

警方似乎怀疑春姨才是诈骗的主犯，还在继续调查。她也确实用伪造的存单填补了亏损，无法抵赖。

也许要不了多久，发现自己上当受骗的幌子公司就会对春姨穷追猛打。搞不好还有性命之忧。

春姨也想过带着剩下的钱逃跑，但她不觉得自己有本事甩掉警察和黑帮的追捕。

于是她一咬牙一跺脚，决定逃进监狱里。因为在监狱里至少不用担心生命安全。这思路也太妙了，我佩服得不行。

于是春姨关了餐厅，安排好各种事情，然后就向警方自首了。

这就是春姨跟我讲述的身世。

嗯，没错。她从头到尾都没提过自己杀害的——没有求助于"海牛神"，而是她亲手杀害的那个叫铃木慎吾的人。

所以我还以为春姨是因为诈骗坐的牢。听说她被判了无期徒刑，我就猜大概是数额太大了吧。我对法律一无所知，所以也不太懂法院是怎么量刑的，还纳闷我杀了人才判了6年，她怎么就判了这么久呢。不过据说真壁先生伪造了数千亿的存单，比好几个人……不，是比好几百个人一辈子赚的钱还要多。于是我又想，春姨的刑期和杀了很多人的杀人犯差不多倒也没什么不合理的。

出狱以后，我才知道春姨不光犯了诈骗罪，还杀过一个人。

我在网上搜她，结果大吃一惊。

维基百科有春姨的词条，说她因杀人入狱。

为什么春姨没跟我提那起凶杀案呢？无期徒刑的假释条件越来越严格了，她肯定知道自己有生之年是不可能出去了，也没打算要出去。那她为什么不提自己入狱的直接原因呢？

我找到了这些问题的答案。

在我四处寻访相关者，筹备以春姨为原型的小说的过程中。

你大概也知道，"宇佐原阳菜"（Usahara Hina）不是我的真名，而是笔名。我打乱了春姨的名字——"朝比奈春"（Asahina Haru）的拼音，组合成了这个名字。你没发现吗？

用真名上网一搜，就会搜到和当年的案子有关的报道。要是受访者发现我杀过人，生出了不必要的戒备，也许会错失一些本来能打听到的信息。

哦，我确实想写一部关于春姨的小说。调查春姨当年的经历，寻访和她有过交集的人，也都是出于这个目的。

总之，在走访调查的过程中，我首先确信了一点："海牛神"是真实存在的。

正如春姨所说，那些所谓的被"海牛神"除掉的人都死了。根据官方的记录，有的是自杀，有的是意外，可死的刚好都是碍着春姨的人，哪有这么巧的？这说明他们的死确实是"海牛神"的手笔。

不过，这位"海牛神"并不是神，而是人。早在很久很久以前，在春姨还很小的时候，那个人就开始替她扫清障碍了。

那么这位"海牛神"究竟是谁呢？

大概是茂哥。

知道我说的是谁吗？就是春姨的三哥。大家都以为，他死在了那场带走春姨全家的大火中。我认为他就是"海牛神"。

听说两个哥哥战死沙场之后，他是这么安慰春姨的："我绝对会保护好小春的。"

据我猜测，他切实履行了自己的诺言。

他想保护妹妹免受父亲的糟践。所以他除掉了父亲，还有对父亲唯唯诺诺的母亲。

和春姨的父母一起被烧死的是别人。

当年有许多战争孤儿和流浪汉为了找口吃的，从城里涌向春姨的老家 S 村。他们中的许多人不明不白地死在了路边。找一具身材和自己差不多的尸体并不难。

春姨的哥哥和死在路边的战争孤儿对调了身份，活了下来。从那时起，他一直都在为春姨保驾护航。

至于他为什么要和孤儿对调身份，我也只能靠猜，八成是为了不被别人怀疑吧。

我采访过春姨的童年玩伴植芝甚平先生。他说茂哥体格健壮，很有运动细胞。

战争结束时，茂哥是 15 岁，力气已经和父亲差不多大了。这么个哥哥和妹妹幸免于难，搞不好会被人看出来是他杀害了亲生父母并伪装成自杀，至少是会被怀疑一下的。所以他才制造了自己也死于大火的假象。

茂哥大概是这么想的：爸爸拖着全家自杀，只有一个 12 岁的小姑娘侥幸逃生。这种说法是警方可以接受的，而且当时正值战后的混乱期，没人会仔细核对焦黑尸体的身份——事态的发展也确实如他所料。

嗯，我刚才也说了，一切都只是我的想象，没有任何确凿的证据。但我的猜测是有一定依据的。

想知道吗？呵呵，肯定很好奇吧。

不过在那之前，我得先透露一件春姨瞒着旁人的事情。

和她的眼睛有关。

根据植芝先生的描述，春姨当年非说漂到老家海滩上的绿色海牛是金色的。想必那金色的海牛就是"海牛神"的原型。

植芝先生说，可能是夕阳的反射让她产生了错觉。但他猜错了。海牛确实在夕阳下闪闪发光，但春姨看到的金色并不是反射过来的阳光，而是海牛本身的绿色。更准确地说，她看到的也许是亮棕色或土黄色，反正是跟金色相近的颜色。

你知道这意味着什么吗？

意味着春姨是色弱患者，有先天的色觉异常。她是害怕别人的歧视和偏见，所以刻意保守秘密，还是因为这个问题不影响日常生活，也没人指出来，于是就干脆不提了？我认为是后一种情况。无论怎样，春姨都对周围的人隐瞒了这一事实。

春姨的色觉异常应该是所谓的"红绿色弱"，就是红色和绿色在她看来都是棕色或暗黄色。所以在老家海滩上沐浴夕阳闪闪发光的绿色海牛到了她眼里就是金灿灿的。

而且我找到了支持这一猜测的证据。

色觉异常会按一定的规律遗传，色觉异常的女性生下的男孩几乎都有色觉异常。

我采访过春姨生物学上的儿子——濑川益臣先生。他说他小时候给母亲画过一幅画，但把母亲的脸涂成了黄绿色。我问他有没有红绿色弱，他惊讶于我是怎么猜出来的，但最后还是承认了。这无疑是春姨遗传给他的。

如果春姨有色觉异常，那么她的亲哥哥有色觉异常的概率大于50%。植芝先生说，茂哥当年说那绿色的海牛"金光闪闪"。由此可见，他也有红绿色弱。

而在春姨周围……还有一个人很有可能有色觉异常。

他是厨师，却不擅长鉴别食材。色弱患者往往很难通过视觉辨别食材的新鲜程度。而且据说他看村上春树的《挪威的森林》

时，连买了两本上册。我在网上搜到了那套书的封面，脑海中灵光一闪。上册是红底绿字，下册是绿底红字，用的是完全相同的简约设计。在普通人眼里是时髦的圣诞配色，色弱患者却很难区分，所以他才会买错。

没错，那个人就是白木师傅。

"海牛神"十有八九就是他。而他正是和客死异乡的战争孤儿对调了身份的茂哥。

他起初还只是远远地守护着春姨。春姨搬到大阪后，他便也进了同一家餐厅。他大概也知道自己天生色弱，并不适合做厨师。因为他常和身边的人说自己"没有天赋"。但他通过后天努力弥补了先天的不足，只为了守在妹妹身边，护她周全——我觉得他就是这么想的。

春姨在他的呵护下实现了心愿，过上了她所谓的放肆的生活。不，也许春姨是主动利用了他。毕竟除了父母，她还让哥哥先后除掉了三个人。

这么惊讶呀。看来你什么都不知道。

我之所以认定白木师傅就是"海牛神"，还有一个重要的依据。

春姨从头到尾都没提过他。

她在狱中讲述往事时，对白木师傅是只字未提。我是出狱以后，开始调查春姨的事情，才发现了这个人的存在。

前夫、同去大阪的高田峰子女士、董事长濑川兵卫先生、创办了春之会的真壁三千雄先生……只要是和春姨有些交集的人，她都提到了。可白木师傅呢？刚到大阪的那几年，他们都在樱花工作。春姨开春川的时候也把他挖走了，后来也一直让他担任主厨。春姨绝口不提这样一个人，肯定是有原因的。

于是我就想，是不是因为这位白木师傅身上，有什么不可告人的秘密呢？

春姨没有提起的，不只白木师傅一个，还有铃木慎吾先生。没错，就是那个号称死在春姨手上的人。

截至案发前，春姨已经让"海牛神"——也就是白木师傅帮忙除掉了父母和三个男人。那她为什么偏要亲手杀害这位铃木先生呢？她本人给出的动机——"海牛神"的神谕当然是一派胡言。

铃木先生根本就不是春姨杀的，也不是白木师傅杀的。我没说错吧？

你应该知道铃木先生是什么来头吧？

啊？那倒不是。

只要给我自己一个交代就行。我想写的是小说，是虚构的故事，而不是追究事实的纪实作品。只要针对那些疑问找到让自己满意的答案就行了。

在走访调查的过程中,我已经找到了想要的答案。我查明了"海牛神"和被害者铃木先生的身份,也搞清了那天晚上发生了什么。

尽管没有百分百确凿的证据,但我找到了让自己心服口服的答案。我可以确信,当年的情况就是如此。

这就足够了。下一步要考虑的,就是如何把那些事变成我的故事。

不过你费尽周折找过来倒是个意外的收获,让我得到了对答案的机会。

杀死铃木慎吾的不是春姨,也不是"海牛神",而是你吧?

12
名村敏哉

请坐。

哦,您太客气了。嗯……您是叫宇佐原……Youna?Haruna?哦,是 Hina 啊。[1] 宇佐原阳菜女士。可惜我没有名片。哦,没关系的,不好意思。

难为您这种时候还大老远跑一趟……不过我说这话好像也不太合适。

您说。哦,不要紧,戴不戴随您。要是介意就戴着口罩聊,嫌闷就摘了呗。哈哈,是啊。

那我也摘了?好。

---

[1] 名村报出的是"阳菜"的几种念法。

世界是真的变了，见个人还得顾忌这些。据说和欧美国家相比，日本还算是好的，可这并不意味着生活一切如常啊。

天知道什么时候才是个头。前几天我还在网上看到，说可能要耗上两三年。

不过嘛，我这人不擅长交际，也没什么朋友，居家生活倒还挺适合我的。上网看个影视剧就一点都不无聊了。反正本来就不怎么运动，一直这么过下去倒也不错。

可再这么下去，我迟早会被轰出公寓，死在大街上吧。

因为手头几乎没有积蓄。

收入……全靠打工。嗯，在一家小酒馆，车站跟前的。受疫情影响，排班少了很多。说实话，还挺头疼的。

好歹拿了 10 万[1]，可是杯水车薪啊。

要是当初进了家允许远程办公的公司，肯定不会落得这种下场。

到头来，这种时候最吃亏的，就是我们这群工作不稳定的人。

不必要不紧急……最近天天都能听到这个词组。总觉得这话是对我说的。因为我没有什么非做不可的事，也没有什么非得赶时间的事。

---

[1] 日本政府统一发放的疫情补贴。

我这个人的存在本就是不必要也不紧急的。干着没什么意义的活，勉强糊口，慢慢死去。这辈子肯定也就这样了。

哦，不好意思，上来就发了这么一通牢骚。

实话实说，我觉得是我爸和朝比奈春搅乱了我的人生。

没事没事，您别担心，我一点都不介意讲述那些事。听说您想写一部以朝比奈春为原型的小说，我还挺感兴趣的。但我跟她也没有直接的交集……

对，没错。我爸是我初三那年自杀的。

当时他是东亚信用社千日前支行长……升支行长应该是两年前的事吧，就我初一那年。还记得他喝得烂醉回到家里，直嚷嚷高中学历的人当上支行长有多不容易。

我对他的工作几乎一无所知。但我当时还觉得他肯定很了不起，靠着努力才混出了头。

说我尊敬过他……倒也没错吧。哦，小学的毕业纪念册上有个空栏，让你填"最尊敬的人"，还记得我当时填的就是"爸爸"。但我不觉得自己是发自内心地敬慕他。毕竟一年到头都见不了几面，也没机会给我敬慕啊。他几乎不着家，偶尔回来，也是在我睡下之后。而我还没睁眼，他就又去上班了。

但那个年代讲究的就是"你能战斗24小时吗？"[1]，这样的家庭大概也不少吧。我妈也常说，多亏爸爸拼命工作，我们才能过上好日子。于是我便想：哦，父亲就是应该尊敬的。说"义务"是有点奇怪，反正我内心深处确实觉得这种尊敬是理所当然的。

不管怎么样，他的死讯都无异于晴天霹雳。

那时第一学期的期末考刚结束，放了几天假。一天早上，我被电话铃声吵醒了。起床走去客厅，只见我妈面无血色地杵在那儿，开口说了这么一句话："他们说你爸死了。"

尸体是在道顿堀边上发现的。

过了一会儿，警察来了我们家。我和我妈去了遗体所在的医院，走进一间地下室，是叫太平间吧？反正是在那里认了尸。

后来有警察跟我们讲了讲大致的情况，说死因是加了毒药的酒。可能是我爸自己喝的，也可能是被人灌的。他们都不敢断定是自杀还是他杀，只说还在调查。

警察还说："我知道你们还处于悲痛之中，但出于调查需要，请允许我们前往家中搜查。"我妈很惊讶，问"这么急吗？"，但警方的态度好像很坚决。嗯，于是我们就回了家，看着他们查。他们还顺便问了问我爸的近况。

---

[1] "你能战斗24小时吗？"（24時間、戦えますか）：1989年抗疲劳饮料Regain的广告语，获当年流行语大奖。

家里来了十多个警察。他们把我爸书房里的东西装进纸箱，一箱箱地往外搬。于是我隐约猜到，我爸不单单是死了，还跟什么大案子有牵扯。

可警察只是单方面地问他们想问的，却没有详细告诉我们他到底干了什么。我们只在几天后拿到了一个调查结果，说是自杀。

嗯，我就不用说了，我妈应该也对朝比奈春和伪造存单的事情一无所知。

谁知突然有杂志爆料……对，就是这本，《大河特讯》。那时我爸刚走没多久。那篇报道把他伪造存单、涉嫌巨额诈骗的事情都抖了出来。

我们母子还没走出他突然自杀的阴影，就成了"罪犯的家属"。

媒体蜂拥而来。没过几天，朝比奈春又犯下了那起凶杀案。我们家的门铃一天要响无数次，我和我妈一出门就会被记者们团团围住。

街坊邻居也对我们指指点点。好在那时刚放暑假，我不用去上学，也算是不幸中的万幸了。

我妈成天愁眉不展。包括《大河特讯》在内的好几本八卦杂志都提到了我爸和朝比奈春的情人关系，这对她的打击很大。

至于我……更多的是困惑吧。在我的印象中，虽然我爸并不是那种很疼老婆的人，但我无法想象他会和别的女人发展成那种关系。也许只是因为我当年还是个孩子吧。

屋漏偏逢连夜雨，我爸的工作单位——东亚信用社要求我们赔偿。问题是，我爸给信用社造成的损失高达数千亿，我们根本赔不起。信用社说能赔多少是多少，让我们交出我爸名下的所有资产，主要是存款和房子。朝比奈春对春之会成员是很大方的，动不动打着发奖金的旗号发钱，所以我爸名下的存款有3个多亿。我妈连这都不知道。不过3个亿加上卖房子的钱，大概也不及东亚信用社损失的零头，但这并不意味着我们可以不赔。我们母子就这样失去了住处和积蓄。当惯了家庭主妇的人，在一夜之间变成了身无分文的单亲妈妈。

我们不得不离开大阪，去东京投靠我妈的亲戚，租了套廉价公寓相依为命。

亲戚多少会帮衬些，但生活水平还是比在大阪时下降了不少。我妈从没过过苦日子，也没上过班，到了东京却不得不全职工作……她很少抱怨，但我能想象出她肯定很辛苦。

可再苦再累，她还是咬紧牙关供我上了大学，说"好歹要有个大学文凭"。我爸当年常说，他因为只有高中学历吃了很多苦头，所以我妈也一直记着吧。

说实话，我自己也想在校园里再躲几年。我不是那种渴望学习深造的人,只是不想高中刚毕业就踏上社会……

我妈的工资不够付学费,所以我只能申奖学金,好不容易挤进了一所三流的私立大学。哈哈,这么说是有点对不起母校。我是所谓的"婴儿潮二代"……哦,从严格意义上讲,应该是第二波婴儿潮的高峰过后出生的"后婴儿潮二代",但差也差不多。那时一个班有很多人,可大学又不像现在这么多,所以大家都说,如果你只能考到平均分……也就是偏差值[1]50左右,那就没大学可上了。所以三流大学也是我拼命学习才考上的,收到录取通知的时候可高兴了。

上大学的那4年,我也算是尽情享受了所谓的校园生活。因为我没搬出去自己住,所以只要稍微打打工,就有零花钱出去玩了。

只要我不主动说,就没人知道我是罪犯的儿子。

我爸去世后,我们就和他分了户,所以我是跟妈姓的。再加上泡沫经济破灭的那段时间接连出了好几起经济大案,东京几乎没人关注朝比奈春的案子。而且大学生本就不怎么关注社会和大案,净忙着唱卡拉OK了。

那段时间——也就是20世纪90年代中期,实质上的泡沫早

---

[1] 相对平均值的偏差数值,日本评判学生成绩的标准。如果有1000人参加考试,偏差值50的人就是第500名。

就破灭了，但泡沫的氛围还没有消散。拿着父母给的零花钱，跟社会的交集仅限于消费的学生还过着纸醉金迷的日子。

跟他们相比，我应该算贫困生那类吧。参加不了花销大的社团活动，周末基本都用来打工了。所以我总是很羡慕那些能啃老的人。

但我们家也没穷到吃不饱饭的地步。本以为只要找到工作，就能过上好日子了。

工作几年还清奖学金[1]，然后结婚生子，让我妈享享清福。绝不走我爸的老路，在自己的能力范围内建立一个平凡但幸福的小家就够了。

可社会给我上了一课：如此平凡的生活，于我而言也是痴心妄想。

听说过"就业冰河期"吗？也是啊，哪怕不是我们这代人，听总归是听过的。泡沫经济破灭后，企业纷纷缩小招聘规模，大学应届生找工作特别难。我找工作的时候，刚好撞上了这个冰河期。

投过多少家来着？有个五六十家吧。据说再过个几年，投百来家都是常态，但我们找工作那会儿还没普及网申，撑死也就投

---

1 日本的奖学金既有无偿发放的，也有要还款的。

个几十家吧。先寄明信片申请资料,再把简历塞进信封邮寄给每家公司。现在的应届生听了都不敢信。

不过这个环节也就是麻烦了点,算不了什么。最煎熬的是,投了那么多家却没一家要我。就好像自己这个人被全盘否定了似的。

甚至有公司在面试时提起了我爸,问"你怎么看待父亲犯下的罪行"。我很惊讶,本以为没人知道的。

有过一次以后,我每次落选都会疑神疑鬼,心想"搞不好是被我爸给拖累了","是我爸害得我找不到工作的"……其实静下心来想想,也没几家公司会查那么细。只怪我当时陷入了绝望,对找工作这件事越来越马虎消极了。

人都成这样了,能找到工作才怪了。我到头来还是没工作,只能靠打工勉强糊口。

不过我当时还抱着一线希望,因为身边有很多没找到工作的大学同学。本以为船到桥头自然直。

可事与愿违……

我大学毕业以后,我妈的身体就越来越差了……不,大概是早就出问题了,只是拖到这个时候才表现出了无法掩饰的症状。她常常突然头痛发烧,血压也很高,动不动就拉肚子。但病得最严重的是她的心。

我爸出事前，我妈从没为钱发过愁。也许她没有自己花钱大手大脚的意识，但她更喜欢逛百货店而不是超市，也没有翻报纸里的传单找促销商品的习惯。她虽然没出去上班挣钱，但对做饭、洗衣、打扫卫生之类的家务活特别上心，家里总是一尘不染。每天天不亮就起床给我做盒饭带去学校，也积极参加家委会的活动。我觉得她应该也是以做一个贤妻良母、管好家里的事情为荣的。

可是搬到东京以后，那种日子就一去不复返了。去百货店成了稀罕事，为了10块钱的差价跑好几家超市和百元店倒成了常态。而且她得没日没夜地工作，所以也没工夫做家务了。

我爸出事的时候，我还是个孩子，所以适应起来相对快一些。不难想象，我妈肯定难熬多了。她有时会站在乱七八糟的房间里，哭着说："太苦了，这日子没法过了。"

单看数量的话，搬来东京以后，家里的东西反而是变多了。以前从来不留的传单、便利店购物袋和饮料瓶都要收在家里，万一哪天能用上呢？百元店的塑料小玩意也买了不少。没法经常打扫的小房子里堆满了杂物。可日子还是很穷。我敢确定，家里没有一件我妈真正想要的东西。

一天早上，她突然起不来床了。我问她怎么了，她哭个不停，一遍遍地说"对不起"。就这样过了几天，她稍微好了些，就回去上班,可过了一阵子又起不来了……后来还说出了"想死"这种话。

于是我就带她去看病,医生说她得了抑郁症。

她几乎没法工作。光靠我一个又赚不到足够的生活费,我妈治病也得花钱,日子顿时就穷困潦倒了。万一她瘫了,我还得贴身照顾……想到这些,我就特别绝望。

我也跟打工时认识的女生谈过几天恋爱,但家里是这么个情况,又怎么可能结得了婚呢?我自己的性格大概也变得越来越阴郁了。深交的朋友渐渐少了。年过三十的时候,别说是女朋友,连个像样的朋友都没有。

我妈是 2008 年底走的,那年我 32 岁。哦,刚好是金融危机那会儿,到处都在裁派遣工。对对,过年派遣村[1],是在日比谷公园吧?差不多就是那个时候。

当时我打工的家庭餐厅倒是没裁人,但我还是很慌的。因为我一直都没找到稳定的工作,结不了婚,只能守着身体不好的老母,天知道以后的日子该怎么过。就在这个节骨眼上,她突然走了。

因为心肌梗死。她本来就血压高,有心肌梗死的风险……大概

---

[1] 2009 年元旦前后在东京市中心举办的活动,为居无定所的失业人员提供帐篷和饮食。

是多年来积累的压力引发的吧。相依为命的亲妈走了，我却松了口气，因为她走在了瘫痪或需要照顾之前。我一直当她是个负担，所以心里甚至有几分庆幸，觉得这下日子就能轻松一些了。

她是我唯一的亲人啊，我可真是个不孝子。

在自我厌恶的同时，我再一次认识到了——

对我爸的愤怒。

大概是2000年前后吧，当时我刚从大学毕业，开始到处打工。一天，大阪府警突然打我的手机——哦，当时用的还是小灵通呢。他们说当年入室搜查时扣押了一批证物，想请家属过去看看是返还还是处理掉。原来判决下来以后，警方联系过我妈好几次，她每次都说"去"，可一直都没露面，所以警方才想让我这个儿子替她去。

真要算起来，那些证物都是我爸的遗物。当时我妈的身心都很虚弱，我理解她为什么没有如约现身。如果可以的话，我也想彻底忘了我爸。所以我本来是不想去的，想直接让警方处理掉，但最后还是决定去看看，万一有什么贵重物品能卖了换钱呢，比如名牌表什么的。于是我就瞒着我妈去了一趟。

我去的地方看着像警察局的仓库。十多个纸箱一字排开。警察告诉我，拿我要的东西就行，其余的他们会处理掉。

证物大多是我爸在工作中用过的资料和账本的复印件。说实话，我挺失望的，觉得自己白跑了一趟。

不过我在箱子里翻到了他的记事本，而且是足足 17 本。从 1975 年到他自杀的 1991 年，一年一换。

我就只拿了那些记事本回去。

他在记事本的日程页写了些简短的日记。当年我只能通过媒体的报道了解他做了什么。也许记事本上有没被报道出来的内幕呢？说我感兴趣……好像也不太贴切，但我确实是想知道的。

但他的日记都很简单，也就随便记两笔而已，什么都没写的日子更多，所以我也没抱太大希望。

然后……先说结论吧，记事本里并没有报道之外的东西。从某种角度看，那些日记甚至证实了当年的媒体报道。只不过，看的过程着实称不上愉快。

除了伪造存单的事情，日记里还提到了我爸和朝比奈春的私情，提到他真信了朝比奈春信奉的神——是叫"海牛神"吧？总之，当年的八卦杂志报道的小道消息基本都是真的。

哦……这是部分页面的复印件。嗯，没关系，您尽管看吧。

1977 年 6 月 6 日 终于约到了春川老板娘。

1977 年 9 月 7 日 春川老板娘要求开设假名账户。

问问部长的意思。

1977年9月28日 春川的假名账户办了5个1000万的3年定期！太棒了！

这几条应该是我爸扫街扫到了朝比奈春开的餐厅春川，然后推销业务，和她有了业务往来时留下的。

他帮朝比奈春开了假名账户——就是虚假账户。拿下大额定期单子的时候，他在记事本里表达了喜悦之情，但这个阶段的日记给人的印象还只是简单的工作记录。

过了一年左右，朝比奈春的称呼从"春川老板娘"变成了"春姐"。日记的内容也有了变化。

1978年5月3日 与春姐在春川共进晚餐。白木师傅做的菜就没有难吃的。

1978年5月7日 我是世界上最幸福的男人。

1978年6月8日 我爱她。为了她，我什么都愿意做。

大概他们第一次发生关系，就是在我爸写下"我是世界上最幸福的男人"的那一天吧。之后的那段时间，日记里常有"我爱她"之类的肉麻话。我能看出他们经常幽会，经常一起吃饭，有时还会调休出去旅游。

还好当初是瞒着我妈去的警局。这种东西可不能让她看见。说实话，我都有点看不下去了。不过我爸本也没打算让别人看吧。

后来，他和朝比奈春保持着公私不分的关系。1983年为春川改建大楼办下大笔贷款后，关于投资的内容就多了起来。

1983年2月12日 为改建春川申请10亿贷款。领导说没问题。等不及看到春姐的笑容了。

1984年1月19日 去焕然一新的春川。春姐想买诚折，所以带上了诚银的河内先生。她买了1亿。河内先生好像对春姐有点意思，注意防备。

1986年4月10日 春姐找我们商量投资方向。河内先生和长谷部先生也在场。她想用诚折抵押贷款，重点投资三重利好股，说是海牛神的指示。她肯定有常人没有的神力。

1986年5月19日 长谷部先生联系我，说春姐买的股票一路猛涨。她果然不是一般人，有不可思议的力量。

1986年9月4日 得想个法子，免得来路不明的家伙接近春姐。哪怕赌上我这条命，也要护她周全。

1986年9月25日 搞了500万定存解约，帮春姐筹钱。没问题。提议成立春之会，限制投资机构。春姐很赞成。

朝比奈春在泡沫经济开始的时候搞起了投资，于是我爸为她创建了春之会。能看出朝比奈春在他心里的分量是越来越重了。

据说这个"定存解约"指的是先办定期存款，签发存单，然后立刻解约。

照理说解约的时候是要当场收回存单的，但有些金融机构故意不收回，让客户留着存单。存款都解约了，存单不过是一张没有资产价值的废纸，但外人看不出来。所以客户能以此为抵押，去别的机构贷款。这是不折不扣的违规操作，但据说只要最后能拿回存单，别让对方发现它不能兑现，就不至于暴露。

我爸每隔两三个月就会帮朝比奈春搞一次定存解约。嗯，看来早在泡沫破灭、朝比奈春欠下巨额债务之前，我爸就已经为她搞过不少轻微的违规操作了。

到了80年代后期，也就是泡沫达到巅峰的时候，日记的字数多了起来，内容也越来越荒唐了。

1988年9月30日 春姐这个月又赚翻了。截至今天，账面利润超过了200亿。但我不能飘，必须打起精神，让春之会牢牢团结起来。真正关心春姐的就我一个，一定要保护好她。

1988年10月2日 奇迹发生了。全心全意向海牛神祈祷时，我听到了声音，听到了海牛神的声音。他说："就靠你了，你要全力帮她。"太荣幸了。天哪，我终于跟春姐一样，能听到海牛神的声音了。

1988年11月25日 海牛神直接向我下达神谕："让她成为世界首富。"我听得清清楚楚。世界首富……多么遥远的目标啊，但我坚信春姐一定可以的。不，只有世界首富的位置才配得上春姐。拼了！我不再是卑微的信用社员工了，而是陪她走向世界首富的伴侣！

1988年12月4日 痛快！三友的行长给春姐跪下了。春姐可是天底下最厉害的人，只会在东京摆架子的家伙来求她办事，当然得拿出相应的态度来。狠狠出了口恶气。不过我也许还得感谢三友。多亏三友把我踹去东亚，才能遇到这么好的春姐啊。

1989年7月25日 我处罚了河内和长谷部。只要是合春姐心意的，他们干什么我都无所谓。可他们利用了春姐的宽容,坏了规矩。海牛神也让我严惩。我只是做了自己该做的。

我爸似乎能听到朝比奈春信奉的"海牛神"的声音。当然,那是他的错觉,是他在自己的脑海中编织出来的妄想。

也不知是为什么,这段时间的日记给我留下了特别欢快的印象。透过内容窥见的事态明明很诡异,他这个当事人却过得既快乐又充实。

可到了1990年,股市开始崩盘,泡沫破灭了。欢快的感觉一去不复返,行文也愈发混乱了。

1990年4月2日 荒唐。股价有波动不是很正常吗?稍微跌了一点就惊慌失措的人没有资格待在春姐身边。

1990年4月28日 会涨回去的。股价一定会涨回去的。会反弹,会创新高。长假一结束就会涨,会大幅反弹。海牛神也是这么说的。我们只要耐心等待就行。

1990年5月14日 瞧瞧,不是涨了吗?不是涨回来了吗?没事的,还会接着涨。马上就要大翻盘了。

1990年8月24日 别着急。千万不能急。海牛神也发话了。没事的,没事的,没事的,没事的,没事的,没事的，没事的，没事的，没事的，没事的，没事的，没事的，没事的，没事的，没事的，没事的，没事的，没事的，没事的，没事的，没事的，没事的，没事的，没事的。

1990年8月31日 这么简单的道理，我怎么就没想通呢？海牛神都说了，股价一定会涨回去的，会创新高的。这是板上钉钉的未来。只要撑到那个时候就行了。定存解约还不够的话，直接做存单就是了。

1990年12月28日 相信春姐。相信海牛神。相信春姐。相信海牛神。相信春姐。相信海牛神。相信春姐。相信海牛神。相信春姐。相信海牛神。相信春姐。相信海牛神。相信春姐。相信海牛神。相信春姐。相信海牛神。相信春姐。相信海牛神。相信春姐。相信海牛神。相信春姐。相信海牛神。相信春姐。相信海牛神。相信春姐。相信海牛神。相信春姐。相信海牛神。

从日记看，我爸早在1990年8月就开始伪造存单了。

翻开1991年的记事本，只见1月1日元旦的格子里写着这样的新年抱负。

1991年1月1日 一定要让春姐成为世界首富。

我爸是这年7月7日——七夕节的晚上自杀的。最后一篇日记写在出事的三天前。他好像跟春川的厨师喝了两杯，聊得不错，文字也拾回了往日的平静。然而……

1991年7月4日 和白木师傅聊了聊。他也帮了春姐好些年，只是形式跟我不太一样罢了。他没说一句多余的话，耐心听着。他对春姐好像没什么非分之想。他说："我只会做菜，对赚钱一窍不通，这方面就靠您了，您可一定要多帮帮老板娘啊。"那是当然。我死也要护住春姐。

带着他将在三天后自杀这个背景去看这段文字，就会有种"他是在那个夜晚下定了决心"的印象。

记事本里没有疑似遗书的东西。

所以我不清楚自杀的动机。但他的心态似乎已经严重失衡了，出什么事都不足为奇吧。

看完这些日记，我感觉到的是……愤怒。

他从头到尾都没提过家人，没提过我和我妈。他提起过春之会的成员，连春川的厨师姓什么都写了，对我们却是只字未提。

不提也就罢了，毕竟那时我也对他漠不关心。更让我恼火的是，他只顾自己逍遥快活。

他最后是自杀了没错，但在泡沫经济时期，他和朝比奈春一起赚了很多钱，过得那叫一个快活。他还背叛了我妈，有了外遇。我能通过日记看出他那段时间有多么充实。他没有写下每一个细节，但我能想象出，那是一段穷奢极欲的岁月。

我却被扔在了泡沫破灭之后的世界，一个经济持续衰退的世界。拖着个得了心病的妈，还被贴上了"罪犯之子"的标签。找不到工作，也结不了婚。

这太不公平了。凭什么好事都让他占了？他得到了我得不到的一切，为所欲为，末了却把账都推到我头上，简直岂有此理。

直到现在，这股怒气还没有平息。

……我恨啊！

恨我爸！也恨朝比奈春！

不，我恨在那个时代逍遥快活过的所有人！

恨得巴不得把他们杀光！去你的泡沫经济！岂有此理！混账

东西！

哦，对不起。嗯……我没事。

您尽管笑吧。说着说着就热血上脑了，没控制住情绪，真丢人啊。我也知道自己没有发火的资格。因为绕来绕去，我心底里想的其实是："我也想过过逍遥快活的日子……"

嗯，我刚才也说了，我并不认识朝比奈春，当然也不认识她在我爸自杀后杀害的那个人。

对，那个人……是叫铃木慎吾吧？我爸的日记里完全没提过。

嗯，我有个自私的愿望……

如果可以的话……嗯，如果真的可以的话，我希望您在小说里把朝比奈春写成坏人。

别说她其实是个好人，也别说她用自己的方式努力活了一辈子，更别把她塑造成反抗歧视和偏见，奋发向上，最终身败名裂的悲剧女主角。我希望您能实事求是，说她是个穷凶极恶的人，为了搞钱，把我爸、我和许多人的人生搅得一团糟。

13
宇佐原阳菜

你一直惦记着春姨，是不是？

你一直在纠结，她明明没杀人，却让她背了黑锅，这样真的好吗？毕竟你不知道监狱里是什么情况。10年过去了，20年过去了，内心的角落里总归还是惦记着的。

就在这时，我找到了你，说我在调查春姨的事情，想写一部小说。

除了你，也有其他人对我这样的年轻女性好奇春姨的经历感到惊讶。但你比他们更进一步，雇了侦探查我。也许是觉得我当时的应答有些不自然的地方吧。

不过我是真的吃了一惊，没想到用笔名也会被找到。大概是通过电话号码查到的吧。原来这么点线索就够了呀。

得知我和春姨在同一座监狱待过，你便找了过来。

春姨不光没提白木师傅，也对你只字未提。

你认识春姨的时间也许是没白木师傅那么长。但春姨收你当住店员工，逢人就说"我拿他当亲儿子看"。

决定关了春川以后，她也只留下了白木师傅和你。还说等风头过去了，要和你们一起从头来过。

得知你的存在后，我心想：关系明明如此亲近，春姨却从头到尾都没提过，肯定是因为这个人也有秘密。

这个秘密是什么呢？此时此刻，我已经用自己的方式得出了答案。

上次去你店里采访的时候，你说春姨绝不是因为什么神谕才杀害了铃木先生，而是有什么不能告诉别人的苦衷，对不对？

那不是推测，而是事实吧。你知道春姨确实有不能说的苦衷。

春姨帮你顶了罪，是不是？

我敢断定，铃木先生遇害的时候，你至少是在场的。这可是你自己告诉我的。

还不明白吗？聊到那起案件的时候，你是这么回答的。

——听说春姨跟警方交代的作案经过是，她让那个人在顶层套房的客厅歇着，假装准备酒水，然后拿起厨房里的菜刀，从背后捅死了他。

怎么样，反应过来了吗？

刚出事那会儿，你也许不会这么粗心。可事情都过去30多年了，什么可以说、什么不可以说都变得含糊不清了，反正也没人会关心这些细枝末节，所以你无意中说漏了嘴。

对，关键在于"从背后捅死了他"这句话。话本身没错，铃木先生确实是被人从背后捅死的。问题是，你是怎么知道的？

我去国会图书馆查阅了所有提到这起案件的报纸、杂志和书籍，却没找到任何被害者是背后中刀的描述。媒体的信息来源是警方公布的调查报告，而报告里也没提。

没有参与调查的人，只可能通过法庭审理了解到这个细节。控方在审理时宣读的鉴定意见里提到了死者是背后中刀。

可你说自己没抽到旁听庭审的位子。对，我之所以提起庭审记录，就是为了确认你事后有没有看过，而你说你没看过。

于是我认定，案发时你就在现场。

那就意味着，和铃木先生有交集的也许不是春姨，而是你。

细想起来，就在案发不久前，《大河特讯》登过一张拍到了你和春姨的照片。如果有人看到了那张照片，找了过来……比如，你母亲的前男友。不，更合适的说法应该是"当年侵犯过你的男人"吧。他也许是对你念念不忘，也许是闻到了钱的香味。出事那天，他突然找上了门。

在这个前提下，"铃木先生在打烊后来到餐厅，碰巧撞见了出门吹风的春姨"这个说法就很可疑了。

如果他是冲着你来的，应该会看准你落单的时机现身。当时春川就只有三个人，春姨、你和白木师傅。听说打烊以后，白木师傅会回自己家，春姨则会回顶层套房，留你一个关门关窗。如果我是他——如果我是铃木先生，就一定会等男人走光了、店里只剩你一个的时候现身。

他也确实是这么做的，不是吗？

他危言恐吓，或者勒索要钱。

但你没有像当年那样，任由他摆布。

考虑到凶器是菜刀，我认为真正的犯罪现场应该是餐厅，是一楼吧台后面的烹饪区周边。他应该是强行闯进了店里。你抄起视野中的菜刀，捅死了他。

后来，春姨来到了厨房。可能是你通知了她，也可能是她被楼下的响声惊动了。问清来龙去脉后，春姨把尸体弄去了顶层套房，假装是她杀的。

第二天一早，警方接到春姨的报案电话后赶到春川，对她的供词没有丝毫怀疑。铃木先生早就跟你母亲分手了，过着四处游荡的生活。他跟你母亲也没有登记过，所以你们之间的关系一直都没暴露。

但我不觉得春姨帮你只是出于好心。

春姨告诉我，当时盯上她的不只警方，还有黑帮。所以发现你杀了人以后，她便想利用这个机会躲进监狱里。

她是不是也跟你说过，这样不光能救你，也能救她？只杀一个人是判不了死刑的，再拖下去，她反而有可能死在黑帮手里。

不然你无论如何都不会同意让春姨顶罪的。

当然，这都是我的推论，也许会有细节上的出入，但我觉得已经八九不离十了。

嗯，现在再讨论这些，确实有些迟了。

你之所以煞费苦心来见我，也不是为了搞清我知不知道真相，不是吗？春姨都不在人世了，我觉得你并不是怕我发现你就是那桩30年前就已尘埃落定的凶杀案的真凶。

你其实是想打听春姨过得怎么样，对不对？

你想知道她在监狱里说了些什么？监狱也许是世界上最不自由的地方了。一个一心想自由而放肆地活着的人在那里过着怎样的生活，又是怎样死去的呢？

毕竟她当了你的替罪羊啊。

春姨告诉我的和你知道的有出入也是理所当然的。我不是说了吗？与他人分享真相是不可能实现的奢望。

不过据我所知，春姨在监狱里也是自由而放肆的。

上头说她得了糖尿病，需要专人照顾起居，但她其实还挺精神的。她确实得了糖尿病，但症状很轻，照理说可以正常服劳役。但上头免了她的劳役，还调了我这么个年轻的囚犯过去给她当丫鬟使。

再说了，你就不觉得在监狱里得糖尿病很奇怪吗？

春姨是监狱里唯一享受特殊待遇的人。

住的是干净整洁的大单间，还铺了地毯。杂志和书籍都能随意订购。床铺也是柔软蓬松的，明显跟其他牢房的不一样。乍看朴素，和监狱的标配差不多，但据我猜测，里面用的肯定是高档货。一日三餐都是餐厅的外卖，而且是在自己的单间吃的。上午10点和下午3点还有装了各种糕点的点心篮子送进来。有这种待遇的只有春姨。

随意外出当然是不行的，但她过着全然不像坐牢的优雅生活。这样的日子确实比在外面躲避黑帮的追杀好过得多。

为什么只有春姨享受到了如此优厚的待遇？管教老师们都说"因为她病了"。但这个说法并没有说服力。生病的囚犯有的是。再说了，怎么能给糖尿病患者吃零食糕点呢？

春姨常说："'海牛神'一直守护着我。"

我觉得这话没错。

监狱的人肯定是被收买了。被春姨收买了。或者说，是被

"海牛神"——白木师傅收买了。

出事后,白木师傅销声匿迹。春姨入狱后,他也一直在默默守护吧。正如他当年发下的誓言。

据媒体报道,春姨被捕时,"海牛神"的金像已经不见了。庭审记录上写着,春姨说她为了筹钱卖掉了金像,但我认为是白木师傅带走了。他不光带走了金像,还带走了一些戒指之类的贵金属。春姨当时有很多贵重首饰。

据我猜测,决定被捕后,春姨转移了尸体,伪造了现场,然后叫来白木师傅交代了一下,把那些极易变现的东西偷偷交给了他。

春姨的投资以千亿为单位,总额超过两万亿。数额如此之大,哪怕价值数亿的贵金属不翼而飞,那也在误差的范围之内。

然后,白木师傅用这笔钱买通了监狱的职员。他也没提"帮春姨越狱"这种过分的要求,不过是想讨点权限范围内的特殊照顾,总有人肯答应的吧。

当然,这些都只是我的想象。

但春姨确实在狱中过着自由自在的生活,没有这样的内幕根本解释不通。

走的时候也很安详。嗯,死因是心肌梗死。听说糖尿病患者心肌梗死的风险是普通人的两倍多。但春姨的病来得真的很突然，所以走的时候没吃什么苦。

怎么样？听到这里，你的负罪感有没有轻一些呢？

对不起，这话说得太阴阳怪气了。但我觉得春姨是真的不后悔替你顶罪。

她活得放肆，活得随心所欲，救你也是放肆的一部分。

可即便如此……

在春姨讲完身世以后，我提了一个问题。我是真的随口一问，也许连问题都算不上，倒不如说是随声附和。

可话刚出口，春姨就变了脸色。之前她都笑嘻嘻的……嗯，讲到求"海牛神"帮自己杀人的时候，也是面带微笑。谁知我一问出那个问题，她的表情明显僵住了，看起来格外悲伤。

她只回了一句："这你就别问了。"我惊讶极了。因为我根本没想到她会是那样的反应。

然后过了不到一周，她就去世了。

她向来只听我说，那段时间却主动聊起了自己的经历，这肯定是因为她察觉到了死期将近。人是很精神不错，但她毕竟得了糖尿病，考虑到年龄，什么时候出事都不奇怪。她可能出现了只有自己才能感觉到的不适和身体问题。

所以她想在人生的最后时刻说服自己吧。我觉得她之所以跟身边的陌生人讲述自己的经历，就是为了认同自己的人生。

我却问了多余的问题，破坏了她的计划。

嗯，你肯定很好奇我问了什么。不好意思啊，吊了你这么久。我问的是——

"您这辈子是幸福的吧？"

春姨让"海牛神"除掉了碍事的男人，赚了很多很多钱，过上了自由放肆的生活，所以很幸福。至少在泡沫经济时代，她实现了对这个世界的报复。我理所当然地认为，即便后来破产了，她肯定也是幸福的，所以我才没有问"您这辈子幸福吗"，而是直接问了"您这辈子是幸福的吧"，不过是想求证一下。

本以为会得到"是啊""当然"这种肯定的回答。

可我错了。春姨的回答是："你就别问了。"无论从哪个角度去解释，这个反应的弦外之音都是"NO"，而不是"YES"。

细想起来，春姨在叙述中说过好几次"真有意思啊""真开心啊"，但她从没用过"幸福"这个词。

也许她这辈子过得并不幸福。

不瞒你说，认识到这一点的时候，我是既惊讶又高兴。

我心想，原来春姨也不幸福啊，原来她跟我没什么两样。

在听她讲述身世的过程中，我发现自己渐渐对她生出了嫉妒。

因为我不能像她那样放肆地活着。

春姨在少女时代意识到的"对世界的愤怒"在我心里也同样

存在。可我肯定不能像她那样，通过肯定自己的欲望来报复这个世界。

泡沫经济也绝不会卷土重来。

我已经错过了末班车。

我将要度过下半辈子的世界，是泡沫消失得一干二净以后的世界，是还没有完全走出第二次战败，只有商品泛滥的焦土。而背负着杀人前科的我，就被丢进了这样一个世界。放眼望去，看不到任何称得上"希望"的东西……是啊，早在出狱之前，我就有数了。

所以我才嫉妒春姨，觉得只有她逍遥快活是不公平的。

可要是连春姨都过得不幸福，我心里就平衡了那么一点点。

泡沫经济时代也没有大家说的那么好。钱是多得溢出来了，但买的净是些不必要的珠宝、衣服和没用的玩意。一旦开始搞钱，就必须不停地搞，否则就会被勒得喘不过气。明知迟早会垮，却收不了手。有短暂的快乐，有一时的享受，然而回头望去，并没有值得细品的幸福。

春姨自以为活得放肆又自由，但她其实根本就不自由。只不过，主宰她的从父亲、丈夫和靠山变成了金钱。她不过是成了金钱的奴隶。当然，她并没有真正实现对这个世界的报复。

她自己也心知肚明，所以才没法断言"这辈子是幸福的"——那就意味着春姨和我也没差多少。说到底，她也不过是个苦命的女人，受尽了这个不讲道理的世界的捉弄。

我释然了。因为我意识到，原本只能仰望的人，其实和我一样站在地上。

这就是我当时的真实感受，没有任何夸大。

可没过几天，春姨就去世了，这让我陷入了痛苦和后悔。

我后悔自己问出了那句话。

也许是我害得春姨失意而终。

不止。如果连春姨都不幸福，那我要怎么样才能幸福呢？

她不受道德的约束，肯定自己的欲望，杀了好几个人，活得放肆又自由。这样一个人居然是不幸福的？这是哪门子糟糕的玩笑？

她是该在哪个环节多忍着点吗？她应该老老实实被父亲侵犯吗，应该受丈夫的压迫吗，应该任凭董事长摆布吗，还是应该知足，不要妄想让财富无限增长？

应该个屁！

对，应该个屁。因为幸福不该建立在忍耐之上，不是吗？即使能通过压抑欲望带来的小小满足获得幸福，那也只是虚假的错觉罢了。我再清楚不过了。因为米吉多子民的信徒就是如此。

儿时的我很幸福。直到现在，我的父母应该也沉浸在幸福之中。他们坚信，信仰那个宗教、否定欲望的自己是幸福的。但他们不过是活在一个封闭的世界里，过着受尽压迫的生活罢了。和男友私奔，受他摆布时，我也是如此。在我出生的很久很久以前，高喊着"胜利之前欲望止步"[1]、忍了又忍的老百姓也一样。误以为受压迫是幸福，难道不是最糟糕、最恶劣的不幸吗？

春姨是对的。绝不忍气吞声，放肆地活着，按自己的意愿活着，才是最正确的选择。

快出狱的时候，我终于想通了一件事。

我对春姨的嫉妒，其实是向往的体现。她也是我的希望。她讲述的经历给了我勇气。

给了我活下去的勇气。

在听她讲故事的短短几天里，我生出了一个念头：即便被丢进了一片焦土，我也要顽强地活下去。

要像春姨那样，放肆地活下去。

当然，我知道自己做不到春姨那样。可哪怕只放肆到她的十分之一、百分之一也好啊。

实际出狱以后，外面的世界和我想象的一样糟糕。不，是比我想象的更糟糕。拜新冠疫情所赐。

---

[1] "胜利之前欲望止步"（欲しがりません勝つまでは）：战时宣传标语。

刚才不是说了吗？我在一家红粉酒吧打工。

你之前也提过，夜店成了众矢之的，光是在夜店工作都得夹着尾巴做人。我们店里的姑娘会轮流去车站跟前举广告牌拉客，被酒鬼纠缠是家常便饭。他们总是嚷嚷："就是你们让病毒扩散的。"甚至有坐在店里的客人教训我们，"在这种地方工作啊，啥时候传上都不奇怪"，都把我气笑了。

但他们说得没错。我们随时都可能感染。毕竟这是一份需要近距离和人说话的工作。

有人说年轻人大多没什么症状，不要紧的，可确实有人年纪轻轻就发展成重症丢了性命啊。我还听说，有些人留下了严重的后遗症，难受得不得了。

我很怕，怕得要命，可还是天天都去店里上班。

因为不上班就活不下去啊。天天优哉游哉地躺在家里，怕是还没染上病就饿死了。我可没这个闲工夫。

在我看来，居家是很奢侈的。

哪怕受尽世人的白眼，哪怕为感染提心吊胆，也得做自己并不喜欢的工作，早晚量体温，为今天没发烧长吁一口气——摆在我面前的，就是这么糟糕的现实。

——你要放弃，要接受，要忍耐。

此时此刻，世界的声音仍回响在耳道的深处。

现实时刻都想奴役我。

我需要一个故事盖住这个声音。

不是试图压迫我、主宰我的故事，好比米吉多子民的教义和这个国家的老百姓在战时信奉过的一切，而是能带给我向往与解放的故事。

我需要能为我注入勇气的故事。

我需要春姨的故事。

对别人来说也许是既不必要又不紧急的，对我来说却是迫切又必要的！

可惜在狱中听春姨讲的那个故事烂尾了，都怪我问了不该问的。

所以我决定重写她的故事。

我想塑造一个没有输给不讲道理的世界，活得放肆又自由，牢牢抓住了幸福的朝比奈春。

我从没写过小说，不知道能不能写好。但我无论如何都需要这个故事。

不为别人，只为我自己。

没错，为了我自己。

写这个故事，是为了在糟糕的现实中活下去。

这是现在的我力所能及的，最极致的放肆。

主要参考文献

『フォーカスな人たち』井田真木子 （新潮社）
『バブル―日本迷走の原点―』永野健二 （新潮社）
『野村證券第2事業法人部』横尾宣政 （講談社）
『バブル全史―週刊東洋経済 e ビジネス新書 No.225 Kindle 版』（東洋経済新報社）

此外还参考了大量书籍、报刊文章和网站。
参考文献的主旨不同于本作的内容。

原文连载于《小说TRIPPER》2019年夏号至2020年春号，经大幅修改后出版成书。

本作纯属虚构。灵感取自真实事件，但故事情节无关现实中的组织与个人，如有雷同，纯属巧合。